名家讲经典
EXPERT TALK SERIES: CLASSICS READING

北京宣传文化引导基金
BEIJING CULTURE GUIDING FUND
北京宣传文化引导基金资助项目

经典的炼成

阎晶明 著

北京出版集团
北京十月文艺出版社

图书在版编目(CIP)数据

经典的炼成 / 阎晶明著. -- 北京:北京十月文艺出版社,2025.6. -- ISBN 978-7-5302-2468-7

I. I210.97

中国国家版本馆CIP数据核字第2025RY5539号

经典的炼成
JINGDIAN DE LIANCHENG
阎晶明 著

出 版	北京出版集团
	北京十月文艺出版社
地 址	北京北三环中路6号
邮 编	100120
网 址	www.bph.com.cn
发 行	新经典发行有限公司
	电话 010-68423599
经 销	新华书店
印 刷	河北鹏润印刷有限公司
版 次	2025年6月第1版
印 次	2025年6月第1次印刷
开 本	787毫米×1092毫米 1/32
印 张	7.75
字 数	110千字
书 号	ISBN 978-7-5302-2468-7
定 价	52.00元

如有印装质量问题,由本社负责调换
质量监督电话 010-58572393

版权所有,未经书面许可,不得转载、复制、翻印,违者必究。

目 录

上 辑

思想、革命、文学之间的抉择
　　——对鲁迅人生主题与道路抉择的理解　3

无穷的浸染　清醒的选择
　　——谈鲁迅对待传统文化的态度　30

鲁迅小说里的疯癫性格　39

"那钱上还带着体温"
　　——谈鲁迅小说里对金钱的描写　47

"往往"是"衣服在山西"
　　——鲁迅小说人物衣着描写漫谈　70

下 辑

经典的炼成
——为什么说《孔乙己》是经典里的经典　97

传统母题的现代书写
——从《故乡》谈鲁迅小说的现代性　133

"消尽了先前悲哀的神色"
——写在《祝福》问世100周年之际　156

理解的"语丝"
——对《野草》的逐篇简释　198

"我至少将得到虚无"
——从《求乞者》谈鲁迅创作的现实来源及诗化过程　216

后记　241

上 辑

思想、革命、文学之间的抉择

——对鲁迅人生主题与道路抉择的理解

本文从三个方面论述了鲁迅一生思想与创作，以及参与社会革命的特点，分析了三者之间构成的复杂关系；回应了关于鲁迅文学成就究竟何在，参与社会革命的方法策略，以及在思想上体现出的深邃性等问题；试图打开认识鲁迅的思考维度，为树立鲁迅的当代形象提出自己的观点和看法。

谈论鲁迅是如此困难，哪怕要说出一丝半点琢磨好的"新意"，也得罗列出一大堆例证，讲清楚与以往各种评说的不同，才能小心翼翼地推出自己的看法。没有这样的逻辑过程，谈鲁迅是浅薄、单薄而没有说服力的；有了这样的繁复过程，那自以为是的一丝半点新意，又常常淹没在漫长的论证过程和引言当中，很少能得到别人的认知。

或者，自己的看法本来就没有什么新意可言，只是阅读鲁迅原著时常有所感，阅读研究论文过程中又想与之讨论造成的某种心理冲动而已。但的确，在庞大的鲁迅研究背景之上，在鲁迅形象不停地被反转的情形下，关于鲁迅，仍然有很多基本的问题有待不断地评说。

今天，我就想谈谈这样一个话题：鲁迅究竟是怎样一个存在。

说他是文学家，也有人说，不是连长篇小说都没有么；说他是革命家，也有人质疑，鲁迅为什么不骂蒋介石；

说他是思想家，更有人会问，他的思想是什么，表达其哲学观的哲学论文是哪几篇。

是的，我们经常会遇到这样的问题，在学术讲座的互动环节，在论文电子版的留言当中，在很多正式的文章、非正式的自媒体上，关于鲁迅的讨论并不会随着数量的增加、人数的增多而深入、而趋于意见一致，反而越来越走向平面化、表面化。但这些问题并非不值得、不需要研究者去面对。经常有学者会面对读者、听众类似的提问，直接的、简单的回答也许可以是"理那些瞎说干什么"。但这终究无法有助于解释任何疑惑。

我当然不可能提供什么终结性的答案，但也想就如何理解鲁迅形象谈一点自己的看法。

早在 1940 年，毛泽东在《新民主主义论》一文中就指出："鲁迅是中国文化革命的主将，他不但是伟大的文学家，而且是伟大的思想家和伟大的革命家。"

几十年来，这几乎是对鲁迅形象定位的定论，而且普遍认为，比起其他同时代的文学家，思想家和革命家是鲁迅多出来的身份与荣誉。三种组合，的确可以构成一个完整的鲁迅形象，而且明显有别于其他的作家。但这三个称号不能完全等同于叠加。它们相互之间的关联和互动关系有必要加以强调。

鲁迅对文学艺术的追求，与他在现实中遇到的社会斗争及短兵相接的战斗，与他个人的深邃、复杂的思想之间，形成一种相互纠缠、相互纠结、此起彼伏、波动不居的关系。理解鲁迅生命历程和鲁迅思想，阅读和阐释鲁迅作品，讨论这三者之间构成的复杂关系，的确是一个重要的角度。

回答好这些问题，不但对认识鲁迅，而且对认识中国现代文学、文化，都是十分重要的。

一、不追求"纯文学"的文学家

先来看看鲁迅本人的文学观。

作为文学家的鲁迅，他的文学观十分复杂。分析构成其文学观的重要支点，是我们理解鲁迅文学观的主要根据。

对文学的功用和价值，从弃医从文那天起，鲁迅就已经认定而且从未放弃。青年时期向往并相信"摩罗诗力"，真正走上文学道路后，依然相信"文艺是国民精神所发的火光，同时也是引导国民精神的前途的灯火"。[1] 鲁迅终其一生的事业就是写作，无论他的文学观发生怎样的变化，他从未放弃过读书写作本身，即使在他说出"文学是最没有用的，一首诗吓不走孙传芳，一炮就把他打跑了"的时候。

鲁迅的文学观里，最重要也是最根本的一条，是强调文学的社会功用。在他的心目中，没有离开现实社会的"纯文学"。文学的功用有时并不在其自身的高雅、风雅，而是其对社会、人生具有精神引领的作用。哪怕是写作者只为一己之利而写，那也是他参与社会的明证。在《魏晋风度及文章与药及酒之关系》中，鲁迅通过对中国古代诗人的评价，证明了作家无论是自觉还是不自觉，主动还是被动，都不可能离开他所生活的时代和社会。这既是作家主

---

[1]《论睁了眼看》，见《坟》，《鲁迅全集》第一卷，第254页，人民文学出版社，2005年。

观上表现出来的，也是文学本身的性质决定的。"据我的意思，即使是从前的人，那诗文完全超于政治的所谓'田园诗人'，'山林诗人'，是没有的。完全超出于人间世的，也是没有的。既然是超出于世，则当然连诗文也没有。诗文也是人事，既有诗，就可以知道于世事未能忘情。"[1] 反对贵族式的风雅是鲁迅一贯的文艺观。"文艺家自惊醒了所谓'象牙之塔'的梦以后，都应该跟着时代环境奔走；离开时代而创造文艺，便是独善主义或贵族主义的文艺了。"[2] 事实是，文艺不可能脱离时代而独善其身，贵族主义不过是一种梦幻和自以为是而已。鲁迅对陶渊明多有评价，而评价最集中的一个观点就是，陶渊明的"悠然见南山"并非真正的超脱，一样是在其温饱前提下的抒怀。"但《陶集》里有《述酒》一篇，是说当时政治的。这样看来，可见他于世事也并没有遗忘和冷淡，不过他的态度比嵇康

---

1 《魏晋风度及文章与药及酒之关系》，见《而已集》，《鲁迅全集》第三卷，第538页，人民文学出版社，2005年。
2 《文艺与革命》，见《三闲集》，《鲁迅全集》第四卷，第79、80页，人民文学出版社，2005年。

阮籍自然得多,不至于招人注意罢了。"[1]

那么,是不是鲁迅就视文学只是为表现和认识社会的工具而不讲文学性呢?正相反,成天把革命文学的口号挂在嘴上,创作却乏善可陈,只求革命的文学是非文学。尤其是到了20年代末,鲁迅与创造社、太阳社诸人因革命与文学问题产生论争,这让他进一步深入思考二者之间的关系,客观上也让他的文艺观更加全面、丰富。他说:"在现在,离开人生说艺术,固然有躲在象牙塔里忘记时代之嫌;而离开艺术说人生,那便是政治家和社会运动家的本相,他们无须谈艺术了。由此说,热心革命的人,尽可投入革命的群众里去,冲锋也好,做后方的工作也好,何必拿文艺作那既稳当又革命的勾当?"

他反对只把文学当作革命的工具而不讲艺术规律,不讲艺术本身的要求。"我相信文艺思潮无论变到怎样,而艺术本身有无限的价值等级存在,这是不得否认的。这是说,文艺之流,从最初的什么主义到现在的什么主义,所

---

[1]《魏晋风度及文章与药及酒之关系》,见《而已集》,《鲁迅全集》第三卷,第538页,人民文学出版社,2005年。

写着的内容,如何不同,而要有精刻熟练的才技,造成一篇优美无媲的文艺作品,终是一样。"对于创作者而言,"他们有表现或刻划的才技,他们便要如实地写了出来,便无意地成为这时代的社会的呼声了。然而他们还是忠于自己,忠于自己的艺术,忠于自己的情知"。[1]

他强调"精刻熟练的才技"对于艺术的重要,甚至认为,从事文艺创作的人,有时会在无意中艺术地触及社会时代,即使是在意识上不自觉的,在表现上也不激烈和引人注意(如陶渊明),一样也在其中流露出于时代生活及政治的态度。在强调文艺自身规律的同时,又反证了文艺与时代的关系。

鲁迅对于文艺与时代和社会的关系,自有其深刻的思考,在总体一致的同时,也有随时代与文艺的发展而变化的多样复杂。

鲁迅对自己的创作多有自我评价,这些评价里一样透露着他的文学观。这种现身说法,更可直接见出他对文学

---

1 《文艺与革命》,见《三闲集》,《鲁迅全集》第四卷,第79、80页,人民文学出版社,2005年。

创作的态度。

总体上说,他从不把自己的创作视作"纯文学"(借用一下当代文学的概念)。

我们都知道鲁迅有"遵命文学"说。他从开始就没有打算做一个优雅的、纯粹的文学家,没有打算在象牙塔里优哉游哉的想法。这一点,从他对自己作品在体裁上的定位即可见出。

鲁迅从来不把自己的作品视作某种纯而又纯的文学,因为创作目的和读者目标的不同,他对自己的作品在文学理论里叫什么,属于不属于其中的一部分并不关心,甚至自己的作品属于哪种体裁都无关紧要。比如对自己的小说,他说:"这便是最初的一篇《狂人日记》。从此以后,便一发而不可收,每写些小说模样的文章,以敷衍朋友们的嘱托,积久就有了十余篇。""这样说来,我的小说和艺术的距离之远,也就可想而知了,然而到今日还能蒙着小说的名,甚而至于且有成集的机会,无论如何总不能不说是一件侥幸的事。"[1]"现在才总算编成了一本书。其中也还是速写居多,不足称为'文学概论'之所谓小说。"[2] 不难看出,"小说模样的文章""蒙着小说的名""不足称为'文学概论'之所谓小说",都是在"小说"之前加以并不确认的限定,这种表述绝非偶然,也并不完全是谦虚,实是透视鲁迅创作观的一个侧面。

鲁迅对自己其他方面的创作,也一样采取这种略带"解构"意味的表述。《朝花夕拾》是公认的记事散文合集,鲁迅自己却认为其中的作品"文体大概很杂乱"[3]。对于自己的无论新旧体诗歌,鲁迅更是要推却诗人头衔。"只因为那时诗坛寂寞,所以打打边鼓,凑凑热闹;待到称为诗人的一出现,就洗手不作了。"[4] 关于散文诗集《野草》:"有

---

[1] 《呐喊·自序》,见《呐喊》,《鲁迅全集》第一卷,第441、442页,人民文学出版社,2005年。

[2] 《故事新编·序言》,见《故事新编》,《鲁迅全集》第二卷,第354页,人民文学出版社,2005年。

[3] 《朝花夕拾·小引》,见《朝花夕拾》,《鲁迅全集》第二卷,第236页,人民文学出版社,2005年。

[4] 《集外集·序言》,见《集外集》,《鲁迅全集》第七卷,第4页,人民文学出版社,2005年。

了小感触，就写些短文，夸大点说，就是散文诗，以后印成一本，谓之《野草》。"¹

总之就是，鲁迅每每总要为自己的创作在体裁前面加上一个略具消解意味的限定。我过去评说这些表述时，只强调这是鲁迅的一种谦虚。这当然是的确的，但除此之外也是鲁迅的文学观、创作观所决定的。鲁迅是中国现代杂文的开创者和集大成者。鲁迅对杂文文体始终持辩护态度。他的辩护里，含着对杂文匕首投枪作用的坚持，和并不打算得到文人学者赞许的笃定。"有些人们，每当意在奚落我的时候，就往往称我为'杂感家'，以显出在高等文人的眼中的鄙视。"²

鲁迅的作品，即使从体裁意义上讲，都极具开创性和"标准"价值。但我们必须说，这些认定是时人和后来的研究者确认的，鲁迅自己更多地称自己的各类作品为"文

---

1 《〈自选集〉自序》，见《南腔北调集》，《鲁迅全集》第四卷，第469页，人民文学出版社，2005年。
2 《三闲集·序言》，见《三闲集》，《鲁迅全集》第四卷，第3页，人民文学出版社，2005年。

章",并没有强调在艺术上的优先地位。这不仅仅是一种谦辞,而且是鲁迅文学观及写作目的在创作上的体现。鲁迅说:"所以我的应时的浅薄的文字,也应该置之不顾,一任其消灭的;但几个朋友却以为现状和那时并没有大两样,也可以存留,给我编辑起来了。这正我所悲哀的。"

这"悲哀"如何读解?正是鲁迅认定的,只要自己文章中所批判的积弊得以消灭,自己的文章也应当随之速朽。之所以还被留下来甚至入史,那实在也是所指问题依然存在的旁证。这正是最让人悲哀的一件事。

一切论说都指向一个论点:鲁迅是一位并不追求"纯文学"但又特别重视文学创作的艺术性的文学家。

二、不主张无谓牺牲的革命家

鲁迅是革命家。这是后来者给他的命名,且随着鲁迅声誉的不断增长而被确定下来。如何理解作为革命家的鲁迅,其实历来存在着分歧。鲁迅在世时,文学革命家们却经常会以失望的、不满的态度批评鲁迅不够革命。鲁迅的论辩并不全是同现代评论派展开,而且也要同文学革命家们争论。

从青年时期起,鲁迅就是革命的向往者和践行者。这一点可以说终生都未动摇和改变。他评人论事特别注重从对革命的态度上来看待。在《关于太炎先生二三事》一文中,对自己的恩师章太炎的评价,事实上就是坚持现实的革命观所得出。"太炎先生虽先前也以革命家现身,后来却退居于宁静的学者,用自己所手造的和别人所帮造的墙,和时代隔绝了。纪念者自然有人,但也许将为大多数所忘却。""我以为先生的业绩,留在革命史上的,实在比在学术史上还要大。"[1]为国家民族而投身于革命,在唤醒民众精神上做出最大努力,这是鲁迅矢志不渝的立场和志向。

但我这里想强调的一点是,鲁迅在为革命呐喊的过程中,始终有一条充满复杂思考和人间亲情友情关怀的认知,即他反对在革命的进程中做无谓的牺牲,更反对打着革命的旗号诱惑他人尤其是青年去付出生命的代价。鲁迅

---

[1] 《关于太炎先生二三事》,见《且介亭杂文末编》,《鲁迅全集》第六卷,第565页,人民文学出版社,2005年。

当然是支持并爱护青年投入革命当中的。"我早就很希望中国的青年站出来,对于中国的社会,文明,都毫无忌惮地加以批评。"[1] 但他也深刻地认识到,"改革自然常不免于流血,但流血非即等于改革。血的应用,正如金钱一般,吝啬固然是不行的,浪费也大大的失算"[2]。

这里的"浪费",尤以单纯的青年受人鼓惑而无谓地牺牲生命。那些自己躲在享福的地方,鼓惑别人去革命的大有人在。"自然,中国很有为革命而死掉的人,也很有虽然吃苦,仍在革命的人,但也有虽然革命,而在享福的人……。"[3] 他反对这样做,也警醒青年要有自觉的意识。"所以我想,在青年,须是有不平而不悲观,常抗战而亦自卫,倘荆棘非践不可,固然不得不践,但若无须必践,即不必随便去践,这就是我之所以主张'壕堑战'的原因,

---

[1] 《华盖集·题记》,见《华盖集》,《鲁迅全集》第三卷,第4页,人民文学出版社,2005年。

[2] 《空谈》,见《华盖集续编》,《鲁迅全集》第三卷,第298页,人民文学出版社,2005年。

[3] 《通信》,见《三闲集》,《鲁迅全集》第四卷,第97页,人民文学出版社,2005年。

其实也无非想多留下几个战士,以得更多的战绩。"[1]"对于社会的战斗,我是并不挺身而出的,我不劝别人牺牲什么之类者就为此。"[2] 鲁迅在杂文《牺牲谟》里活画了一副专门鼓惑别人牺牲,自己却在享福中夸夸其谈的虚伪者的嘴脸。"我最佩服的就是什么都牺牲,为同胞,为国家。我向来一心要做的也就是这件事。你不要看得我外观阔绰,我为的是要到各处去宣传。社会还太势利,如果像你似的只剩一条破裤,谁肯来相信你呢?所以我只得打扮起来,宁可人们说闲话,我自己总是问心无愧。"[3]

鲁迅自己,则信守这样的原则:"我们无权去劝诱人做牺牲,也无权去阻止人做牺牲。"[4]"但倘若一定要问我青年应当向怎样的目标,那么,我只可以说出我为别人设计的

---

1 《两地书·第一集》,《鲁迅全集》第十一卷,第16页,人民文学出版社,2005年。
2 《两地书·第一集》,《鲁迅全集》第十一卷,第16页,人民文学出版社,2005年。
3 《牺牲谟》,见《华盖集》,《鲁迅全集》第三卷,第35页,人民文学出版社,2005年。
4 《娜拉走后怎样》,见《坟》,《鲁迅全集》第一卷,第170、171页,人民文学出版社,2005年。

话，就是：一要生存，二要温饱，三要发展。有敢来阻碍这三事者，无论是谁，我们都反抗他，扑灭他！"但鲁迅对此是有自己的解释的。"可是还得附加几句话以免误解，就是：我之所谓生存，并不是苟活；所谓温饱，并不是奢侈；所谓发展，也不是放纵。"[1]这里的发展，就应当包含着现实的革命，为此而战斗甚至牺牲。

同时还应看到，随着对社会现实的认识，鲁迅的革命观也有变化、发展和深邃的过程。其中一点就是，从青年时期的崇尚"摩罗诗力"，到后来的强调韧性的战斗。因为现实太难改变，单纯的热血很容易冷却，信念也会发生动摇。认识到革命的艰难，才能做出正确的革命行动的抉择。所以他强调现实的中国"正无需乎震骇一时的牺牲，不如深沉的韧性的战斗"[2]。

鲁迅的革命和战斗不是盲动，却也不是因怯懦而退

---

1 《北京通信》，见《华盖集》，《鲁迅全集》第三卷，第54–55页，人民文学出版社，2005年。
2 《娜拉走后怎样》，见《坟》，《鲁迅全集》第一卷，第170、171页，人民文学出版社，2005年。

却,他清醒地知道,自己所能做的和应该做的,同时强调,斗争必须同时也要讲究策略和方法。

冯雪峰回忆,1930年左右,"我们曾经希望他写些宣传当时政治口号的文章",鲁迅则表示:"弄政治宣传,我到底不行的;但写些杂文,我比较顺手。"[1] 通过写作投身和参与革命,鲁迅也一样有自己的判断。"但在创作上,则因为我不在革命的旋涡中心,而且久不能到各处去考察,所以我大约仍然只能暴露旧社会的坏处。"[2]

这里还想部分回应一下鲁迅为什么不骂蒋介石的问题。陈漱渝先生新近在《新文学史料》(2022年第2期)上发表的《鲁迅与蒋介石》一文正面回应了这一问题。如果从鲁迅的斗争策略角度讲,还可以进一步以史料来证明鲁迅的初衷。冯雪峰曾说:"一九三〇年夏天,李立三同志约他(鲁迅——本文注)见面谈话,他们两人讨论过关于

---

[1] 冯雪峰《党给鲁迅以力量》,《冯雪峰全集》第4卷,第144、149页,人民文学出版社,2016年。
[2] 《答国际文学社问》,见《且介亭杂文》,《鲁迅全集》第六卷,第19页,人民文学出版社,2005年。

鲁迅先生自己的战斗任务和方法问题。"[1] 这次发生在当年 5 月 7 日的会面内容，后来者的回忆也各有所说，我以为鲁迅三弟周建人的说法基本符合鲁迅的本意。

"鲁迅同我讲过他见过一次李立三。他说：'李立三找我去，我去了。李立三说："你在社会上是知名人物，有很大的影响。我希望你用周树人的真名写篇文章，痛骂一下蒋介石。"

"'我说："文章是很容易写的。蒋介石干的坏事太多了，我随便拣来几条就可以写出来。不过我用真名一发表文章，在上海就无法住下去了。"

"'李立三说："这个问题好办！黄浦江里停泊着很多轮船，其中也有苏联船，你跳上去就可以到莫斯科去了。"

"'我说："对，这样一来蒋介石是拿我没办法了。但我离开了中国，国内的情况就不容易理解了，我的文章也就很难写了，就是写出来也不知在什么地方发表。我主张还是坚

---

[1] 冯雪峰《党给鲁迅以力量》，《冯雪峰全集》第 4 卷，第 144、149 页，人民文学出版社，2016 年。

守阵地,同国民党进行韧性战斗,要讲究策略,……"""[1]

我们从《记念刘和珍君》等文章中可以知道,鲁迅对待革命,尤其是青年的战斗,十分强调方法和策略,而非一味鼓惑人去做无谓的牺牲。但到自己该挺身而出时,他却从不退避。杨杏佛被国民党暗杀后,鲁迅不顾通缉的风险,将钥匙留在家里毅然前去送别即是一例。

如何理解作为革命家的鲁迅,是一个深广的课题。而我在这里只取一端,试图说明其中的复杂面向。

三、没有哲学体系的思想家

我时常会跟朋友谈到这样的话题:究竟能不能说鲁迅是一位思想家或哲学家?

人们总是说从鲁迅作品中获得思想,感受到鲁迅思想的深邃。但鲁迅的思想精髓要义到底是什么?

如果说他是一位现代中国的哲学家,他的哲学著作是

---

[1] 转引自葛涛《从新发现的史料谈李立三鲁迅的会见——兼向朱正先生请教》,《博览群书》2009年第8期。

哪一部？他的思想集中体现在什么地方？

回答这样的问题的确很难。鲁迅自己说过："但我并无喷泉一般的思想，伟大华美的文章，既没有主义要宣传，也不想发起一种什么运动。"[1]

哲学体系的建构，他连想都没有想过。

他说："至于'思想界的权威者'等等，我连夜梦里也没有想做过，无奈我和'鼓吹'的人不相识，无从劝止他，不像唱双簧的朋友，可以彼此心照；况且自然会有'文士'来骂倒，更无须自己费力。我也不想借这些头衔去发财发福，有了它于实利上是并无什么好处的。"[2]这就说得更透彻了。不但不想，而且厌恶。

那怎么还能说鲁迅是思想家呢？或者至少说，他对中国现实、历史、文化以及国民性的揭示入木三分，但要上升到普遍的哲学的思想，未免太牵强了吧。这涉及一系列

---

1 《写在〈坟〉后面》，见《坟》，《鲁迅全集》第一卷，第298页，人民文学出版社，2005年。
2 《不是信》，见《华盖集续编》，《鲁迅全集》第三卷，第243页，人民文学出版社，2005年。

庞大问题的话题。

我这里简要地谈一下自己的看法。

鲁迅是思想家，他的思想同时也闪现着哲学的光芒。虽然并没有体系建立，却明显可以感受到一以贯之的坚持。后人的总结也许永远达不到他自身的丰富和深刻，但基本认知应该是完全可以成立的。

从哲学上讲，鲁迅是中国最早的，也是典型的具有成熟的存在主义哲学思想的人。他的思想无论在思考社会人生的层面上，还是在表达的方法上，都与存在主义哲学家具有最大程度的相似与吻合。

首先，鲁迅是介绍存在主义哲学代表人物克尔恺郭尔到中国的第一人。1907年所作文言论文《文化偏至论》中指出："至丹麦哲人契开迦尔（即克尔恺郭尔——本文注）则愤发疾呼，谓惟发挥个性，为至高之道德，而顾瞻他事，胥无益焉。"[1]同时还介绍了尼采、叔本华等具有存在主义色彩的哲学家。鲁迅对这些人物的思想和文章似乎

---

1 《文化偏至论》，见《坟》，《鲁迅全集》第一卷，第52页，人民文学出版社，2005年。

有一种天然的亲近和认同。俄罗斯文学家陀斯妥思夫斯基被认为是重要的存在主义哲学家之一，鲁迅则对其给予极高评价，认为他是"人的灵魂的伟大的审问者"[1]。

存在主义是最具文学性的哲学。《存在主义》一书的编者 W. 考夫曼曾在其前言中指出："存在主义不是思想上的一个学派，也不可以归属于任何一种主义。""将传统哲学视为表面的、经院的和远离生活的东西，而对它显然不满——这就是它的核心。"[2] 这种反传统哲学的姿态，同时也体现在文体上。因为它极度强调个人，每一个思想者都从自己的生命体验出发谈论个人、世界和宇宙。存在主义哲学家同时也多是文学家。克尔恺郭尔的哲学著作有时是寓言，有时是散文，深奥的论述中，充满了个性化的感悟和体验。陀思妥耶夫斯基、萨特、加缪，以及波德莱尔、王尔德，等等，首先或最主要是文学家。他们之间的差异比共性还要大。人们从他们的文学作品中发现了具有共鸣

---

1 《〈穷人〉小引》，见《集外集》，《鲁迅全集》第七卷，第105、106页，人民文学出版社，2005年。
2 《存在主义》，W.考夫曼编，第1页，商务印书馆，1987年。

性的思想。

鲁迅 1919 年写下的《自言自语》里有一篇《古城》，故事的基本元素是鲁迅的构思，但主题的揭示中让人联想到克尔恺郭尔的哲学寓言《末日的欢呼》。一个小丑的真话被自以为是的人们当成笑话，生命在这笑话中毁灭。

到了创作的高潮期，鲁迅发表和出版了散文诗集《野草》。可以说，《野草》是集中表达鲁迅哲学观及其复杂思想的系列作品。《野草》里的好多篇什，都可以看到存在主义哲学家、文学家们的思想在其中的投影，更准确地说，是鲁迅与他们之间在思想上的相近与共振。分析《野草》一系列作品与屠格涅夫、波德莱尔、尼采、陀思妥耶夫斯基、王尔德的作品之间的关系，作家之间思想上的内在联系，文体上兼抒情、叙事、哲思于一体的共同性，以及鲁迅作品的独创性，都是值得深入探讨的话题。

但即使在存在主义的范畴内，鲁迅所做的也不是从哲学的角度去吸纳、认同和传播，而是以思想方法和表达上的共同性让人产生归类的想法。日本学者山田敬三就曾谈道："试图以一个固定的意识形态去认识鲁迅，恐怕只会遭到鲁迅本人的强烈拒绝。""鲁迅没有从一个经过欧洲哲学家理论化的现实存在哲学立志出发，而是独自展开了存在主义方式的思考。"[1]这正好说明一个共同的观点：鲁迅是思想家但并不建构思想体系，其独立的思想与存在主义处于不谋而合的关系。而这种处于不同社会环境、不同历史时期的人们在思想上体现出某种共同性，本身也是存在主义哲学的重要特点。山田敬三使用了"无意识的存在主义"这一定义，来说明鲁迅的思想与其相近却并非师承。我以为，"无意识"一词的限定既能说明一些问题，却也容易引起误解。如前所述，存在主义哲学本身并非体系，都是思想家们人生体验的独特表达。不但是鲁迅，其他的思想家也同样如此。比如克尔恺郭尔与陀思妥耶夫斯基身处不同国家，相差近百年，却在思想上达到某种一致。我们却不能说陀思妥耶夫斯基就是早期的"无意识的存在主义"。不谋而合正是存在主义的显著特征。

作为思想家的鲁迅与存在主义哲学家之间的区别，是

---

[1] 参见山田敬三《鲁迅：无意识的存在主义》中译本，第6页，北京大学出版社，2012年。

鲁迅始终秉持着强烈的爱国主义感情，他思想上的个人性，与他对中国民族、历史、现实以及对中国人的国民性的思考密切相关、相互交织，而且他以改造国民性为根本追求。这一点即使是在其最具存在主义哲学思想的作品中也仍然可以感受得到。正是这种强烈的现实性和国家、民族意识，让一些研究认为，既然"鲁迅在任何情况下都是依据现实情况，主动地选择自己的立场"，所以可以断言"鲁迅绝不是思想家"。（山田敬三）[1] 这就涉及我们对思想家、哲学家这一身份的定位了。

鲁迅的中国观具有强烈的现实诉求，他对中国历史、现实以及中国人的庞大的、复杂的论述，既是他思想的一部分，也是其参与现实斗争的一部分，同时还是其文学主题的一部分（三大家互相交错，合为一个复杂体）。

瞿秋白说，鲁迅杂文中有一个突出特点，就是"反对自由主义"。这里的反对自由主义，就是指鲁迅痛恨并反对中庸，反对调和，反对以留情面的方式在斗争中留后路、

---

1 参见山田敬三《鲁迅：无意识的存在主义》中译本，第6页，北京大学出版社，2012年。

搞变通,甚至以"二丑艺术"求安稳,以"精神胜利法"寻求自我安慰。这些关于现实问题的探讨里,分明具有很深的哲学思考。

鲁迅就是一位并没有建立思想体系和系统哲学的思想家。其丰富、复杂、深邃的思想蕴含在各类文学作品和著述当中。我们可以感悟、体会,并不断地将其进行自己的阐释。

以我轻浅的阅读,不成熟的思考,不到位的表述,想要说清楚鲁迅是不是思想家,如何进行革命的革命家,以及怎样的文学家,是不可能完成好的任务。但我相信这是一个开放的话题,值得长久言说下去。以上的文字只是各取其中的某一个侧面,初步表达我对相关问题的一点看法。冯雪峰认为:"可以说鲁迅是革命家,因为他的思想是革命的。也可以说他是思想家,因为他的革命思想,除了共产党之外,在中国可说是空前的。""从创作活动方面来说,鲁迅是个作家,虽然他一般意义上的创作在数量上并不很多,但把他的这不多的作品拿到世界上去,没有人能够否认他是一位伟大的现实主义作家。"[1]

　　这些通俗的论说很精确地证明了鲁迅终生所追求的事业和应该得到的声誉。在鲁迅的思想与艺术之间，乃至于同他参与现实的革命斗争之间，他在所有这些错综复杂的关系中所做出的抉择，以及他一生中所经历的种种变化、发展，过程中的经历、思想、情感的矛盾、冲突和复杂纠缠，都具有评说的无限性。这正是一位伟大的经典作家给我们提供的无尽的话题，也是他始终吸引我们的根本所在。

2022 年 11 月 30 日

---

[1] 冯雪峰《回忆鲁迅》，《冯雪峰全集》第 4 卷，第 313 页，人民文学出版社，2016 年。

无穷的浸染 清醒的选择
——谈鲁迅对待传统文化的态度

传承和弘扬中华优秀传统文化,是当代中国一个颇受关注的话题。在新的历史条件下,怎样对待传统文化,如何赋予优秀传统文化以新的时代内涵,形成融通中外、适应时代、富有活力的当代文化,需要深入思考,准确把握。

习近平总书记曾指出："我们要对传统文化进行科学分析，对有益的东西、好的东西予以继承和发扬，对负面的、不好的东西加以抵御和克服，取其精华、去其糟粕，而不能采取全盘接受或者全盘抛弃的绝对主义态度。"（在中共中央政治局第十八次集体学习时的讲话）在这方面，有许多先贤的经历值得在这一话题下评说和借鉴。鲁迅就是其中的代表性人物。

谈到鲁迅与中国传统文化，可以说是触及了一个复杂的难题。鲁迅出生成长在近代中国国家蒙辱、人民蒙难、文明蒙尘的黑暗时刻，在现代性的黎明时分觉醒，更勇敢地站在中国新文化运动最前沿发出呐喊。他的战斗姿态、斗争形象已经深深地刻印在了中国人的心里。鲁迅的斗争中，以绝大的勇气和更多的笔力用于唤醒国民的灵魂，提振国人的精神。封建礼教对人的束缚，因为缺乏面对的勇气而滋生的精神胜利法，事不关己的看客式围观，都让鲁迅深恶痛绝。他的呐喊是为此，他的彷徨也是为此。

在这一漫长的、艰难的斗争过程中，鲁迅对于中国传统文化的态度一直为人们所争论。有时甚至由于其复杂程度过高,因而有刻意回避的现象。事实上,在鲁迅那里,制约人们精神的纲常伦理,同璨若星河的中华优秀文化之间,从来就并不等同。在追求现代性的过程中,鲁迅也绝非全盘西化的鼓吹者。理解鲁迅与传统文化之间的关系,必须充分认识到鲁迅对传统文化中优与劣的自觉甄别,而他对优秀传统文化的态度,恰好可以用得上我们今天的态度来形容:创造性转化,创新性发展。

青年鲁迅东渡日本留学,中国人的身份意识从此觉醒。中国是其文化母国,却必须接受全面落后于文化附属国的现实。比起个人因身份原因受到的不公待遇甚至屈辱相比,国家的全面落后,国民精神的一盘散沙,唤醒和提振国民精神的艰难,更让鲁迅感受到个人抉择与国家民族不可剥离的关系。"灵台无计逃神矢……我以我血荐轩辕"的人生志向,正是他终生不曾放弃、始终为之奋斗的真实写照。

鲁迅曾经向往过慷慨雄辩、振臂一呼的摩罗诗人,但他最终认定,在中国,能够真正为民众做实事的人,最高的品质是默默付出、辛苦劳作、敢于和甘于牺牲自己。这样的人，鲁迅恰恰是从中华民族几千年的传统中寻找到典范。鲁迅曾经说过："我们从古以来，就有埋头苦干的人，有拚命硬干的人，有为民请命的人，有舍身求法的人，……虽是等于为帝王将相作家谱的所谓'正史'，也往往掩不住他们的光耀，这就是中国的脊梁。"(《中国人失掉自信力了吗》)这种埋头苦干、为民请命的人，在鲁迅笔下，不止一次被塑造出来。鲁迅多次描述的英雄就是这样一种形象，"自己背着因袭的重担，肩住了黑暗的闸门，放他们到宽阔光明的地方去；此后幸福的度日，合理的做人"。这个形象一样不是出自西方的偶像，而是来自中国的古典史籍。鲁迅审美观的形成，与他自幼耳濡目染的教育有着千丝万缕的关系。幼年时，来自家中女工阿长买来的一套《山海经》，深深地影响了他的审美观念；在幼年时所上的三味书屋里，一样受到传统文化的熏染。

　　我们都知道这样一个故事，初到北京的鲁迅，除了公务，多是在客居的书斋里抄古碑。有一天，他的朋友、《新青年》的编辑钱玄同来访，二人进行了一场看似家常却具有历史意义的对话。"你钞了这些有什么用？"这是钱玄同的发问。"没有什么用。"这是鲁迅的回答。"我想,你可以做点文章……"钱玄同一句看似平淡的建议,却开启了中国新文学的序幕。于是就有了中国新文学的"最初的一篇《狂人日记》"。

其实,从1904年在日本仙台决定弃医从文,到1918年发表《狂人日记》,鲁迅的文学爆发期经历了十几年时间。这期间,他从未停歇过努力,而努力的重点,恰恰是他对中国古代典籍的搜集、整理、校订、印行。从《古籍序跋集》可见,鲁迅在古代典籍的编校方面所做的工作,放在今天,即使专业的学者也恐难比肩。他亲自搜集、整理、校订的古籍中,涉及家乡绍兴的就超过十部。从1913年起,鲁迅用长达十数年的时间,逐字逐句校勘并全文抄录了《嵇康集》,直至1931年才最终完成。欣赏那些端正秀美的字体,感受鲁迅对文化先贤的挚爱之情,怎能不让人心生感慨。面对博大精深的中华文化,鲁迅一方面做着极其精深的工作,同时又常常表达谦逊态度,颇得中国古代名士的君子之风。他在《嵇康集》方面所做工作可以说无出其右者,但在序言中又谦逊地说"恨学识荒陋，疏失盖多"。《小说旧闻钞》是他亲自辑录的关于中国古代小说流变的珍贵史料，序言里仍然没有评功摆好，以显其能，依然是说"自愧读书不多，疏漏殊甚，空灾楮墨，贻痛评坛"。要说对中华优秀传统文化的弘扬，这种序言、后记里不刻意拔高自己，而是表达学海无涯的自省，本身就是一种值得学习的精神风范。

鲁迅一生中，有过很多未能实现的创作与研究志向，其中最为人熟知的两例，都与重新书写传统有关。一是写一部关于杨贵妃的长篇小说，二是"曾拟编中国字体变迁史及文学史各一部"（1933 年 6 月 18 日致曹聚仁信）。虽未应验，但其心可见。没有写出历史题材的长篇小说，却有《故事新编》可以见出他对古人、古风、典籍掌故的熟稔与运用自如。《补天》里塑造的女娲，《奔月》描写的后羿，《理水》里的大禹，《非攻》里的墨子，无论是神话人物还是历史人物，都以其独特的一面呈现在现代读者面前。《呐喊》《彷徨》里的很多作品，现代性的思想与中国式的风格达到了完美融合。可以说，把民间传说中的、历史记载的人物，经过现代性的过滤，塑造成一个个文学人物，这就是鲁迅对待传统文化时"创造性转化"的例证。鲁迅虽未写出设想中的文学史巨著,一部《中国小说史略》和简明的《汉文学史纲要》已足见其深厚的学养。1924年出版的《中国小说史略》,是鲁迅在小说创作的高峰期、杂文创作的集中期完成的。而他在《汉文学史纲要》里评价司马迁的《史记》"固不失为史家之绝唱,无韵之《离骚》矣",早已是学界认可、读者熟知的著名论断。

就像我们寻常所知道的一样,鲁迅的创作深受外国文学的影响。鲁迅本人也是一位翻译家,他的翻译作品在字数上差不多等同于他的创作作品。但鲁迅的翻译,重点不在"西方正典",而是受压迫民族的文学。即使是文学翻译,也一样怀着对现实的关注。所以冯雪峰认为:"鲁迅是在民族文化的基础之上和为着革新的目的去吸收外国文学的广泛的和深远的影响的。"在今天,鲁迅这种在广阔的视野之下,执着地深入到民族传统文化中去汲取营养,从呼应中国现实需求出发吸收外来文化的清醒和自觉,是非常值得我们学习和借鉴的。

历来的研究中,鲁迅与中国传统文化的关系,对待传统文化的态度都十分受人关注。冯雪峰曾经在《回忆鲁迅》里指出："鲁迅好像吃奶一样吸取了中国古代文化的精华，他看过的古书是很多的，有的我们连书名都不知道。古文的简约是很值得我们学习的，三四句话就十分明了地讲出了一个故事。像柳宗元，他的文章写得很好，而字数超过一千的就很少。他的这种方法鲁迅是学到了的。这是很值得我们注意的。现在有些作家，不学习中国的传统，而单单去学习苏联等外国的译文，以致没有风格。中国有很丰富的文化遗产受到人民的欢迎，作家的趣味要与人民的趣味联系起来，而我们很多作家的趣味和人民的趣味却距离很远。"任继愈认为："中国古代文化中糟粕和精华的区别，鲁迅有极深刻的认识。中国古代许多伟大思想家经常在鲁迅的笔下出现，并通过他的批判取舍，把精华部分介绍给读者，也把糟粕部分给以揭露。"(《鲁迅同中国古代伟大思想家们的关系》)王瑶谈道："鲁迅从来就很注重于向古典文学汲取有用的东西。""鲁迅的作品与古典文学的联系不只给我们说明了承继民族优良传统的重要性，而且由于这些作品在思想和艺术上的不朽价值，它本身已经成

为我们民族传统的一个组成部分，成为我们应该首先向之学习的重要遗产。"（《论鲁迅作品与中国古典文学的历史联系》）

作为一位经典作家，鲁迅的任何一面甚至一个点，都可以是无限拓展的话题。刘半农曾经以一副对联比喻过鲁迅对待中外文化的态度，叫作"托尼学说，魏晋文章"，形象反映了鲁迅在文化上的兼容并蓄、融会贯通。

自幼年起就受到传统文化的无穷浸染，直至生命的最后都坚持清醒的选择，这种对待传统文化的态度，本身就是鲁迅留给我们的宝贵遗产。鲁迅怀着现实的关切，将深厚的传统学养与宽阔的现代视野相结合，以拿来主义的态度吸收外来文化，以创造性的方法从中华优秀传统文化中汲取营养，创作出具有中国作风、中国气派的文学作品，这不但是鲁迅研究需要继续深入下去的课题，也是对当代作家提出的深刻命题。

2021 年 8 月 29 日

鲁迅小说里的疯癫性格

写下这个题目,是因为近期刚刚读过福柯的著作《疯癫与文明》,本作把疯癫作为文明进程中的社会产物来看待,使疯癫这一常人所认为的纯病理问题,上升到了一个社会化的层面,揭示出许多与人类文明发展进程相关的话题。不知为什么,读福柯的这本著作,突然想到了鲁迅小说。福柯在书中总是提到文学作品中的疯癫人物,并分析他们在作品中所起到的揭示主题的非凡作用。也许正是这一点让我联想到了鲁迅小说。在中国现代小说里,也许只有鲁迅小说里的疯癫性格表现得最为突出和鲜明。鲁迅小说的现代性也由此可见一斑。我并不想到鲁迅小说里为福柯的学说寻找论据,也不想借福柯之名印证鲁迅与他英雄所见略同。但既然一位思想家的笔触让我想到了另一位思想家的作品,我就决定到其中去爬梳一回,看究竟能找出一个怎样的洞天。

鲁迅对疯癫性格的描述不单是在小说里,在他的杂文和散文中,也经常借用疯癫性格来强化主题。《野草》里有一篇《聪明人和傻子和奴才》,鲁迅很有趣地把这三种类型人物进行了比较。奴才是那种只会"寻人诉苦"的废物,聪明人从来只向奴才报以虚假的同情,只有傻子,才愿意毫无顾忌地为奴才鸣不平,并且要为他打开一扇窗户。结果是,奴才把傻子告到了主人那里,主子又派了一群奴才把傻子赶走。奴才为自己受到主子的夸奖骄傲得不得了,连聪明人也"代为高兴"。鲁迅这里对人物身份的确认非常直接，人物之间的对比反差极大，他就是要用夸张的手法，直白地向人们展示这三种人的处世方式和最后结局。"傻子"是鲁迅认为的真正清醒者，其意象范围有点像他笔下的"狂人"。

鲁迅对于疯癫好像有一种特殊的敏感。他曾在家里突遇神经错乱者"杨树达"袭来，对方错乱的语言、古怪的举止、无礼的要求，使鲁迅产生了他是"装出来的"，是"学界和文界"的一些人对付"敌手"的武器的印象。当他得知对方确为"神经患者"时，他又立刻加以更正。

鲁迅小说里没有哪个人是真的疯子，《狂人日记》里的狂人越是癫狂却越显清醒。由于《狂人日记》在中国现代文学史上具有中国现代小说"开山之作"的特殊地位，人们通常只把这篇小说作为现代小说的宣言书来看待，对"狂人"也更多地以"清醒的战士"一笔带过。如果我们从疯癫性格的角度来分析一下，也许还会看出一些特别的内容。首先，鲁迅在开篇前的题记里说明，狂人病愈之后，早已"赴某地候补"，这个注释是意味深长的，从"狂人"而变为"候补"官员，二者的反差可以说就是"傻子"和

"聪明人"的区别。其次,《狂人日记》里的狂人无疑是一个清醒者,不过说他是"清醒的战士"却还需要斟酌。其实,狂人的动作还没有达到砸开墙壁引入光明的程度。他的清醒在于他看出了一个"吃人的世界"正在自己面前展现,他的批判力度由此深刻。所有的人都在吃人,同时又要被别人吃,这又是狂人所理解的"吃人"理论的现代色彩。整部小说营造的,是一种恐怖的气氛,到处都有"吃人"者的目光,随时能够听到他们密谋的声音。"狂人"其实并不狂,他更多的是显出孤独和紧张,正因为清醒,所以才孤独,又因孤独而显出紧张。我们过多强调了狂人对四千年吃人历史的批判,其实我们还应看到,鲁迅本意更想揭示的,是"吃人"历史的延续和扩散。狂人并没有喊出冲破"铁屋子"的强音,而是"救救孩子"的呐喊。"疯子有什么好看"的强调,狂人陷入对吃人的极度恐惧,都向人们暗示着狂人疯癫性格的真实存在。从小说的意义上讲,狂人的疯癫性格的作用,并不在于丰富人物性格,而恰恰在于借将人物性格框定在一个点上反复强调,达到一种纵深的效果。

鲁迅小说的笔法是现代小说的冷峻和中国传统文学的白描手法的结合，他的小说没有大起大落、错综复杂的故事情节，但常常有十分鲜明的人物性格。这种性格的突出经常是靠人物语言来达到的。鲁迅常抓住属于某一人物的一两句语言加以强化，而这些语言从某种角度讲，又因其极端、荒谬和词不达意的特点，显示出某种疯癫色彩。我们不妨沿着《呐喊》《彷徨》的目录看下去，找寻出相关的例证。

《孔乙己》是个落泊的秀才，他有几句经典语言，一是关于"窃书"是"读书人的事"，"不能算偷"的狡辩；一是"多乎哉？不多也"的穷酸。这是两句极具疯癫性质的语言，其小说形态的具体体现就是，听众常常把这些语言来作笑料看待。孔乙己并不是个好顾客，因为他没钱，但人们都希望在酒店里见到他，因为他常常能说出疯癫性的语言。

《风波》里有个九斤老太，她对辫子之类的事情毫无察觉，从某种意义上讲，她的头脑早已单纯到了疯癫的程度，不管面对什么样的场景，她只会重复一句话："这真是一代不如一代。"这句话没有明确所指,也没有专门用意,这正是疯癫语言的基本特征。在九斤老太的绝对超然面前,鲁镇上的男女老幼因为辫子的有无而造出的风波,反倒显出某种滑稽而又疯癫的色彩。

《阿Q正传》在鲁迅小说里具有同《狂人日记》相同的地位,也是鲁迅最着意塑造人物的一篇小说。阿Q的疯癫性格一样以语言的疯癫为主,动作和行为的夸张也起到相当作用。阿Q的经典性的"疯狂"语言,如"儿子打老子""老子从前比你阔""和尚动得我动不得""我和你困觉"等等,这些极具颠覆色彩的语言,把阿Q推向了一种悲喜结合的性格巅峰。阿Q当然还有许多怪异举止,同样具有疯癫性,不管他在街上打架还是去参加革命,不管他去求爱还是临死画圆。阿Q的疯癫是鲁迅笔下始终从容操纵的性格特点。正是阿Q这些疯癫性的语言和行为,将小说中涉及的那些重大主题进行某种特殊的处理,使它们一一产生变形。

《白光》里的陈士成名落孙山后失望而归,他的精神显然已经崩溃,只能反复说出一句疯话:"这回又完了!"

带着这样的绝望，他开始梦游般出行，最后变为漂浮在万流湖上的一具死尸。

《祝福》里的祥林嫂绝不能算是个疯子，但她在命运的强力打击下，逐渐趋于痴呆。祥林嫂那句逢人便说的话，一开始赚取了许多村人的眼泪和同情，到后来就让人家厌烦。那就是以"我真傻，真的"为开头的关于阿毛之死的故事讲述。其实当她不知道自己的反复已经让人厌烦的时候，她的性格中已流露出疯癫色彩。

《彷徨》里的大部分小说，都是以知识分子的灰色生活为主题的，这些小说在表现人物的疯癫性上，明显不同于《呐喊》里的许多作品。尽管《幸福的家庭》《肥皂》《高老夫子》这些小说里夸张手法运用很多，对人物性格的刻画也多漫画化的笔法，但鲁迅并不把他们写到疯癫处。鲁迅自己认为《彷徨》的技巧比从前更圆熟了，疯癫色彩的退却，也是一个标志吧。

客观地说，鲁迅并不一定多么自觉地想到要运用疯癫性格来突出人物，强化主题，他自己在解释对"杨树达"的误解时也讲过，他对神经病者的症状并未做过专门的研究。我也不想在此强调从疯癫角度探讨鲁迅小说有多么独特的价值。但有一个事实是很显然的，鲁迅在选择人物和人物语言时，在将人物故事和自己的思想主题相融合的过程中，对人物语言与举止的变形，性格中的疯癫色彩对小说所起到的特殊作用，是有深刻理解的。从这个角度挖掘和剖析鲁迅小说，对研究鲁迅小说，理解鲁迅小说，把握鲁迅的创作意图，都是有帮助的。

1999 年 1 月 21 日

"那钱上还带着体温"

——谈鲁迅小说里对金钱的描写

【题记1】2023年是《呐喊》出版100周年。加上《彷徨》,两部小说集的作品数量25篇,字数不会超过20万,它们却创造了一个深广的世界,具有无尽的开掘价值。无论从哪一个小的角度切入,都可以看到一个广大的世界。

钱，或许就不算是通常所认为的鲁迅小说里的重要话题吧，可是，如果专注于这一点进入，会发现，其实，钱几乎是一个鲁迅小说里无处不在的意象。

【题记2】若要拉开架势写成一篇论文，可能不是我的本意，也不想就此做终结式的定论，只是想提出这个话题，或者，强化展开话题的必要性。也想以此表达对《呐喊》出版100周年的纪念。

【札记1】《呐喊》《彷徨》里写到钱的有哪些篇？

《呐喊》:《孔乙己》《药》《明天》《一件小事》《头发的故事》《风波》《故乡》《阿Q正传》《端午节》《白光》《兔和猫》《鸭的喜剧》《社戏》。

也就是说，没有直接写到钱的，可能只有宣言书式的第一篇《狂人日记》了。

综论《呐喊》，钱不应该是重要视点么？

《彷徨》:《祝福》《在酒楼上》《幸福的家庭》《高老夫子》《肥皂》《孤独者》《伤逝》《弟兄》《离婚》。

没有直接写到钱的，也不过《长明灯》《示众》2篇。

也就是说，《呐喊》《彷徨》总共25篇里，写到钱的超过了20篇。占比之大,至少是我本人之前没有想到的。

【札记2】当然,虽然写到钱是鲁迅多篇小说里的特点,但作用以及比例,在小说叙事上发挥的职能还是有很大区别的。必须在统计的基础上进行分类评析。

【正论1】钱穿缀起了《孔乙己》全篇。

《孔乙己》是鲁迅个人在艺术上最为看重的作品。不足3000字的篇幅,不但写出了"苦人的凉薄",而且在手法上具有鲁迅自己或许都难以复制的高度。就叙事角度看,通常认为,酒店里的小伙计"我",贯穿全篇,是小说的叙事人,也是唯一的叙事视角。孔乙己的遭遇,也是通过他的眼睛来截取的。这当然是对的。不过,我今天特别想强调,与小伙计并行的,还有一个穿缀物,这就是钱。而且钱在小说里所发挥的作用,与孔乙己本人命运的关联,对孔乙己性格外化的烘托,必须给予特别关注。

小说的开篇,小伙计还没有出现,在其"画外音"的叙述中,钱就是聚集点。本段的全文如下:

"鲁镇的酒店的格局,是和别处不同的:都是当街一个曲尺形的大柜台,柜里面预备着热水,可以随时温酒。做工的人,傍午傍晚散了工,每每花四文铜钱,买一碗酒,——这是二十多年前的事,现在每碗要涨到十文,——靠柜外站着,热热的喝了休息;倘肯多花一文,便可以买一碟盐煮笋,或者茴香豆,做下酒物了,如果出到十几文,那就能买一样荤菜,但这些顾客,多是短衣帮,大抵没有这样阔绰。只有穿长衫的,才踱进店面隔壁的房子里,要酒要菜,慢慢地坐喝。"

这一段里,与其说是描写咸亨酒店的格局,不如说是将一个小店分出了两个世界。而造成这种二重世界隔膜的,不是格局的分割,而是花钱的多少。其中有四处写到了钱,而且分别以金钱的单位描述为前提:"四文""十文""一文""十几文"。

将社会阶层严格区别开来的,是咸亨酒店的里外格局的空间分割,是长衫主顾和短衣帮的差异,说到底,是有没有能力"出到十几文"的经济实力的硬道理使然。孔乙己的窘迫在于,从文化上,他有资格穿起一件证明身份的长衫,他也有这个自我要求。然而,从经济地位上,他连短衣帮的实力都达不到。因为，即使是四文钱的一碗酒，他也要靠偷书获得，而且还经常赊账。如果抽去钱的存在，这一段的状态描写在效果上就相去甚远。

在接下来的几段描写中，虽然没有直接写到钱，但酒店里各色人等围绕孔乙己展开的话题，无一不直指孔乙己没有酒钱的窘境。而小伙计，又以画外音的方式对这一习以为常的场景做了自己独立的、反向的评价："但他在我们店里，品行却比别人都好，就是从不拖欠；虽然间或没有现钱，暂时记在粉板上，但不出一月，定然还清，从粉板上拭去了孔乙己的名字。"孔乙己的人品之好，恰恰体现在他的信用上。而这信用，就在于他会不择手段地弄到酒钱，保持自己喝酒的资格，保全自己的"名节"。

如果说小说的前半部分是空间叙事，聚焦于咸亨酒店发生的故事，那么小说的后半部分则是时间叙事。在不足千字的后半部分中，时序从中秋到冬天，到年关，到次年端午，再到中秋，再到年关，孔乙己在这期间只闪现了一次。而惦记孔乙己的人主要是两个人，一个是小说的叙述者"我"，另一个是酒店的掌柜。但掌柜惦记的，不是孔乙己这个人，而是钱。"孔乙己还欠十九个钱呢！"这句话从掌柜的口里说了4遍。

从小说开篇到收束，钱是贯穿全篇的穿缀物，是最不能离开的意象，钱也是制约孔乙己命运的杀手锏。

【正论2】钱以精确的数字存在于小说当中。

在《孔乙己》里，钱是贯穿式存在的，而且，钱在小说里以精确的数字存在，而非是模糊地、大概地提及一下。

首先，我们看小说里暗指的价格变化。"每每花四文铜钱，买一碗酒，——这是二十多年前的事，现在每碗要涨到十文"，以1918年往前推二十年，则是1898年，按照"二十多年"的说法，取其中，即二十五年，则是1893年，鲁迅生于1881年，1893年正值十二岁，与小说里所叙述的"我从十二岁起，便在镇口的咸亨酒店里当伙计"，正好吻合。这二十年可说的变化很多，对喝酒的人来说，就是酒价翻了一倍半。

其次，我们再来看小说里严丝合缝的价格表述。开篇讲了，孔乙己出入酒店的年代，一碗酒需要四个钱，一碟茴香豆需要一个钱。当孔乙己出场时，直接地、自信地、准确地"对柜里说,'温两碗酒,要一碟茴香豆。'便排出九文大钱"。由于开始时已经讲清楚了计价单位,这里的描写就属于精算。孔乙己的自信满满也从这"精确制导"表达中尽显。而且他说出这句话,还是穿越过周围对他偷书被打的嘲笑置之不理而出的,因为可以"排出九文大钱",所以不在乎周围的取笑。

当孔乙己时隔很久又出现在咸亨酒店时,只听得他说出了"温一碗酒"的诉求,接着,"他从破衣袋里摸出四文大钱,放在我手里",孔乙己是早已自己算好、凑足了才上酒店来的。同时我们也不难换算出,掌柜一直强调的孔乙己"还欠十九个钱",应该是四碗酒加三碟茴香豆的价钱。

《孔乙己》里有着精确的数学计算,而且这些计算又指向了孔乙己的处境,使之成为一种必要的、必需的文学表达。

【正论3】精确的描述不仅在《孔乙己》里才有。

沿着《孔乙己》布下的数学格局看下去,会发现,鲁迅小说里还有过类似的描写。比如《风波》:前一天被打破的碗需要进城补钉，七斤回家后向九斤老太汇报，也是报账。"他在晚饭席上，对九斤老太说，这碗是在城内钉合的，因为缺口大，所以要十六个铜钉，三文一个，一总用了四十八文小钱。"而且也像《孔乙己》一样，暗示了即使小如补钉，价格也在飞涨。"九斤老太很不高兴的说，'一代不如一代，我是活够了。三文钱一个钉；从前的钉，这样的么？'"

【正论4】更多的例证。

继续沿着上述解析阅读鲁迅小说，会发现，鲁迅不但时常会写到钱，而且常常会给出精确的数字，这既是故事所需的描写，也为后来的读者留下了了解当时物价的社会学痕迹。比如《祝福》，祥林嫂来到鲁四老爷家做工，试工三天后就定下了使用以及工钱："每月工钱五百文。"然而，没有多久，祥林嫂就被婆家的人带走了。她在鲁四老爷家干了多长时间呢？小说在时间上倒没有细说，只说是"冬初"来的，"新年刚过"就不得不离开。工钱此时却给出了精确的用工时间。在得知祥林嫂复杂的婆家背景后，鲁四老爷只好答应辞退。"于是算清了工钱，一共一千七百五十文,她全存在主人家,一文也还没有用,便都交给她的婆婆。"这一描述里,既可以知道,祥林嫂在鲁镇待了三个半月;又可以得知,无论她干了多久,工钱方面,自己一丝都没有得到,全进了婆婆的口袋。

祥林嫂第二次回到鲁镇,早已物是人非。当她走投无路,暗自决定捐门槛后,钱又出现了。"早饭之后,她便到镇的西头的土地庙里去求捐门槛。庙祝起初执意不允许,直到她急得流泪,才勉强答应了。价目是大钱十二千。"根据《鲁迅全集》注释,"十二千"相当于十二贯。哪里去弄这么多钱呢?还是工钱。"快够一年,她才从四婶手里支取了历来积存的工钱,换算了十二元鹰洋,请假到镇的西头去。"由此可知,祥林嫂的悲剧中,她在鲁四老爷家先后干了两次,共计一年多时间,自己却一分钱未能得到。不是被婆婆悉数占据,就是全部用来捐了门槛。

在写到钱而且特别具体的角度看,《祝福》可能仅次于《孔乙己》。就说祥林嫂第一次应得的工钱,不但都进了婆婆的口袋,而且婆婆还拿着这笔钱做了一大笔生意。当卫婆子再次希望推荐祥林嫂到鲁四老爷家来做工时,对于上一次工钱的用项,是这么描述的:"她有小叔子,也得娶老婆。不嫁了她,那有这一注钱来做聘礼?她的婆婆倒是精明强干的女人呵,很有打算,所以就将她嫁到里山去。倘许给本村人,财礼就不多;惟独肯嫁进深山野墺里去的女人少,所以她就到手了八十千。现在第二个儿子的媳妇也娶进了,财礼只花了五十,除去办喜事的费用,还剩十多千。吓,你看,这多么好打算?……"

祥林嫂的非人待遇及可悲结局,只从工钱的去向与用途即可见证。

【正论5】另一组数据。

以上所举证的,都是钱在小说里以精算方式出现的例子。在鲁迅小说里,很多小说都写到了数据化的钱。尽管没有明确的换算在里边,但这些数目也绝非随意写出,绝非可有可无。我们不妨集束式地引用其中一些描写,集中感受一下。

《明天》:"他虽然是粗笨女人,心里却有决断,便站起身,从木柜子里掏出每天节省下来的十三个小银元和一百八十铜钱,都装在衣袋里,锁上门,抱着宝儿直向何家奔过去。"

"天气还早,何家已经坐着四个病人了。他摸出四角银元,买了号签,第五个便轮到宝儿。"

"王九妈便发命令,烧了一串纸钱;又将两条板凳和五件衣服作抵,替单四嫂子借了两块洋钱,给帮忙的人备饭。"

"这一日里,蓝皮阿五简直整天没有到;咸亨掌柜便替单四嫂子雇了两名脚夫,每名二百另十个大钱,抬棺木到义冢地上安放。"

单四嫂子丧子之痛不说,从为宝儿看病到安葬,累计花费且欠下多少钱呢!今天的我们可能无法具体算出这些数目可以交换的物品程度,但无疑可以感知到其不堪承受之重,之苦。

《阿Q正传》:"他付过地保二百文酒钱,愤愤的躺下了,后来想:'现在的世界太不成话,儿子打老子……'于是忽而想到赵太爷的威风,而现在是他的儿子了,便自己也渐渐的得意起来,爬起身,唱着《小孤孀上坟》到酒店去。"

"幸而已经春天,棉被可以无用,便质了二千大钱,履行条约。赤膊磕头之后,居然还剩几文,他也不再赎毡帽,统统喝了酒了。"

"女人们见面时一定说,邹七嫂在阿Q那里买了一条蓝绸裙,旧固然是旧的,但只化了九角钱。还有赵白眼的母亲,——一说是赵司晨的母亲,待考,——也买了一件孩子穿的大红洋纱衫,七成新,只用三百大钱九二串。"

联系《孔乙己》《风波》《祝福》可知,到处都在涨价的同时,到处都是克扣、盘剥、算计。底层的文盲,哪里能不随时上当、吃亏。

"假洋鬼子回来时,向秀才讨还了四块洋钱,秀才便有一块银桃子挂在大襟上了。"

"其次是赵府,非特秀才因为上城去报官,被不好的革命党剪了辫子,而且又破费了二十千的赏钱,所以全家也号咷了。"

《阿Q正传》里钱的数目,简直可列表分析了。

《兔和猫》:"这一对白兔,……倘到庙会日期自己出去买,每个至多不过两吊钱,而三太太却花了一元,因为是叫小使上店买来的。"

《鸭的喜剧》:"爱罗先珂君也跑出来,他们就放一个在他两手里,而小鸭便在他两手里咻咻的叫。他以为这也很可爱,于是又不能不买了,一共买了四个,每个八十文。"

这些描写或许并无深意,却也颇有社会学的认识价值。

《幸福的家庭》比较密集烦琐:"劈柴,都用完了,今天买了些。前一回还是十斤两吊四,今天就要两吊六。我想给他两吊五,好不好?"

"好好,就是两吊五。

…………

"他抽开书桌的抽屉,一把抓起所有的铜元,不下二三十,放在她摊开的手掌上,看她出了房,才又回过头来向书桌。他觉得头里面很胀满,似乎桠桠叉叉的全被木柴填满了,五五二十五,脑皮质上还印着许多散乱的亚剌伯数目字。他很深的吸一口气,又用力的呼出,仿佛要借此赶出脑里的劈柴,五五二十五和亚剌伯数字来。"

干扰我们的作家文人继续创作下去的,是满脑子的"亚剌伯数字"。总之,钱是罪魁祸首。

【正论6】了解社会生活的痕迹。

也许一只白兔、一只鸭子的价格，还不足以看出小说所涉时代的"市场"行情。下面这些描写，更具认知价值。

《头发的故事》："过了几年，我的家景大不如前了，非谋点事做便要受饿，只得也回到中国来。我一到上海，便买定一条假辫子，那时是二元的市价，带着回家。"

一条假辫子的价格。

《在酒楼上》："'你借此还可以支持生活么？'我一面准备走，一面问。

"'是的。——我每月有二十元，也不大能够敷衍。'"

《孤独者》："'不知道那边可有法子想？——便是钞写，一月二三十块钱的也可以的。我……。'"

一个小文人，无论教书还是抄写，每月可能得到的酬劳可知一二。

《离婚》："'现在七大人的意思也这样：和我一样。可是七大人说，两面都认点晦气罢，叫施家再添十块钱：九十元！'

"'…………'

"'九十元！你就是打官司打到皇帝伯伯跟前，也没有

这么便宜。这话只有我们的七大人肯说。'

"七大人睁起细眼,看着庄木三,点点头。"

离婚费用的透露。

《社戏》:"第二回忘记了那一年,总之是募集湖北水灾捐而谭叫天还没有死。捐法是两元钱买一张戏票,可以到第一舞台去看戏,扮演的多是名角,其一就是小叫天。"

一张戏票的价格。

《高老夫子》:"今敦请尔础高老夫子为本校历史教员每周授课四小时每小时敬送修金大洋三角正按时间计算此约……"

"临聘"式授课的"课时费"。

如果将鲁迅的这些描写,配之以地方历史资料去逐一对应,说不定可以得出更多有趣的结论。无论如何,这些描写都给我们留下了许多值得一说的话题。

【正论7】有时钱的数目是模糊的。

鲁迅笔下的钱,也有笼统而出的时候,并不强调具体的数目。比如《药》:"华大妈在枕头底下掏了半天,掏出一包洋钱,交给老栓,老栓接了,抖抖的装入衣袋,又在外面按了两下。"

《一件小事》:"巡警走近我说,'你自己雇车罢,他不能拉你了。'

"我没有思索的从外套袋里抓出一大把铜元,交给巡警,说,'请你给他……'"

【正论8】钱有时候是人物的想象,更其模糊。

《阿Q正传》:"有破夹袄,又除了送人做鞋底之外,决定卖不出钱。他早想在路上拾得一注钱,但至今还没有见;他想在自己的破屋里忽然寻到一注钱,慌张的四顾,但屋内是空虚而且了然。于是他决计出门求食去了。"

《白光》:"陈氏的祖宗是巨富的,这屋子便是祖基,祖宗埋着无数的银子,有福气的子孙一定会得到的罢,然而至今还没有现。"

"然而(但)至今还没有现(见)",如出一辙。

从"一包洋钱"到"一大把铜元",从"一注钱"到"无数的银子",钱以一个整体的状态出现,表达人物急于达到的目的和人性欲望。

【正论9】钱也可表现为有价证券。

《端午节》：支票、彩票。"哼，我明天不做官了。钱的支票是领来的了，可是索薪大会的代表不发放，先说是没有同去的人都不发，后来又说是要到他们跟前去亲领。他们今天单捏着支票，就变了阎王脸了，我实在怕看见……我钱也不要了，官也不做了，这样无限量的卑屈……"

"那时他悯悯的走过稻香村，看见店门口竖着许多斗大的字的广告道'头彩几万元'，仿佛记得心里也一动，或者也许放慢了脚步的罢，但似乎因为舍不得皮夹里仅存的六角钱，所以竟也毅然决然的走远了。"

《伤逝》：书票。"写给《自由之友》的总编辑已经有三封信，这才得到回信，信封里只有两张书券：两角的和三角的。我却单是催，就用了九分的邮票，一天的饥饿，又都白挨给于己一无所得的空虚了。"

《弟兄》：公债。"秦益堂捧着水烟筒咳得喘不过气来，……'老三说，老五折在公债票上的钱是不能开公账的，应该自己赔出来……。'"

"'这公债票也真害人，我是一点也莫名其妙。你一沾手就上当。'"

钱在鲁迅笔下的表述,可谓名目繁多,不胜枚举。

【正论10】计价单位也有多种表述。

如果从近代中国金融演变角度来分析,或许能知道鲁迅小说里为什么有那么多不同的计价单位表述。我一时还无力完成这个分析的任务,但可以摆出不同的单位来展示一下。

鲁迅小说里,以"文"为单位的表述最常见。如《孔乙己》《风波》《祝福》等。

其他的表述如:

《明天》:"十三个小银元和一百八十铜钱""四角银元""两块洋钱""二百另十个大钱"。

《阿Q正传》:"二千大钱""三百大洋"。

《祝福》:除了"五百文"等常见的表述外,还有"大钱十二千""十二元鹰洋"。

《兔和猫》:"两吊钱""一元"。

《幸福的家庭》:"两吊四""两吊五""五吊八"……

以元为单位的表述在后期小说里多次出现。如《在酒楼上》《孤独者》《头发的故事》《离婚》等等。

总体上看,《呐喊》里的计价单位以"文"为主,《彷徨》里的则以"元"为多。

【札记3】这里必须要谈一下鲁迅对于钱的态度。以中国传统文人论,谈钱是不高雅也有辱于斯文的。鲁迅反对教人固守"君子固穷"那一套,勇于、敢于反传统而行之。他的直面现实,其中就包含着从来不避讳谈钱对一个人的重要性。须知,当鲁迅谈钱对于人的重要时,想到的不是自己,而是现实里的每一个人。

《娜拉走后怎样》是与《呐喊》出版同一年出现的演讲文。在谈到娜拉的现实命运时,鲁迅说:"她还须更富有,提包里有准备,直白地说,就是要有钱。""梦是好的;否则,钱是要紧的。"他还进一步就金钱观谈了自己与"高尚的君子们"的区别。"钱这个字很难听,或者要被高尚的君子们所非笑,但我总觉得人们的议论是不但昨天和今天,即使饭前和饭后,也往往有些差别。凡承认饭需钱买,而以说钱为卑鄙者,倘能按一按他的胃,那里面怕总还有鱼肉没有消化完,须得饿他一天之后,再来听他发议论。""所以为娜拉计,钱,——高雅的说罢,就是经济,是最要紧的了。自由固不是钱所能买到的,但能够为钱而卖掉。"

鲁迅的这种金钱观直到晚年都没有改变过。1935年8月24日,在致萧军信中写道:"契诃夫的想发财,是那时俄国的资本主义已发展了,而这时候,我正在封建社会里做少爷。看不起钱,也是那时的所谓'读书人家子弟'的通性。我的祖父是做官的,到父亲才穷下来,所以我其实是'破落户子弟',不过我很感谢我父亲的穷下来(他不会赚钱),使我因此明白了许多事情。"

在鲁迅眼里,传统文人不愿谈钱,是"读书人家子弟"的习性使然;现代正人君子反对谈钱,则是虚伪所致。不敢正视、直面惨淡的人生,甚至还一味鼓惑别人牺牲而自己享福,这是最让人引为愤怒的卑鄙。

鲁迅十分关心青年的成长。对此,他有过很多论述。而我以为,其中最重要的一条就是:"我们目下的当务之急,是:一要生存,二要温饱,三要发展。苟有阻碍这前途者,无论是古是今,是人是鬼,是《三坟》《五典》,百

宋千元,天球河图,金人玉佛,祖传丸散,秘制膏丹,全都踏倒他。"(《忽然想到(五至六)》)

而他自己,在关心帮助青年的行动中,也常常体现在用钱来资助、帮助青年渡过难关。这样的例子不胜枚举。他也常常会因为惦念青年的窘迫而慎重对待自己的创作。比如:"还记得三四年前,有一个学生来买我的书,从衣袋里掏出钱来放在我手里,那钱上还带着体温。这体温便烙印了我的心,至今要写文字时,还常使我怕毒害了这类的青年,迟疑不敢下笔。"(《写在〈坟〉后面》)

鲁迅生活的节俭,他对名利的淡泊,对财富的淡然,几乎是骨子里的品格。但当要教世人尤其是青年处世时,则完全是站在"无我"的境界上发声。这本身也是一篇大文章。鲁迅小说里那些关于钱的描写,可以说也都是"带着体温"的。它们当然不是一些数字式存在,而是和人物的处境、命运密切相关的。

【札记4】相对而言,钱在中国现当代小说里的存在并不突出。前几日,读到一篇关于王朔《顽主》的论文,其中引用了我在1989年发表于《文学评论》的文章《都市顽主的冲突——王朔小说的价值选择》的只言片语。那正好是关于王朔笔下人物经济生活的几句话。意思是,王朔笔下的顽主人物,可以随意搭乘豪车出入高档宾馆。论者显然不同意我的看法,以为与小说的本来相去甚远。但我也以为,引者按自己所需引文无可非议,却显然并没有考虑我的上下文含义。文章发表虽已过去30年以上,我仍然还能记得,自己所强调的是,当小说家描写人物自由行动的时候,并没有讲清楚钱从哪里所得这个前提。小说可以生动描写人物的消费行为,却并没有交代经济基础何在。

在描写经济生活方面,我们的作家普遍缺乏传统,也缺乏耐心。这几乎已成不自觉的创作选择。记得大约那之后没几年,我还发表过一篇评论《上海宝贝》和《糖》的文章。文中也曾指出,小说作者尽情描写人物时尚生活和消费行为,可是并没有通过切实的叙事,令人信服地指出光鲜生活背后的经济来源。当然,突然继承一大笔海外遗产(就像鲁迅笔下的阿Q、陈士成幻想自家地下有祖宗埋着的银子一样),已经算是意识到且能够给出的答案了。

从这个意义上讲，鲁迅小说里大量存在的关于钱的描写，或许也是鲁迅小说现代性的另一个证明。他这样的自觉，在同时代的作家那里少有，之后也没有成为承接下去的新的传统。这倒是我们应当认真梳理和讨论一下的问题。

2023年8月，作者记于《呐喊》出版100周年之际

2023年9月4日

"往往"是"衣服在山西"

——鲁迅小说人物衣着描写漫谈

1. 文章之缘起

这是一篇颇费周折的文章,尽管呈现在读者面前的仍然是浅显,思虑却已经耗去很多。刚开始时是想写另一个话题，题目都想好了："'狂人'的诞生——兼谈鲁迅与山西"，甚至连开头怎么写都试过了。可是最终却转了方向，写成了如题所示。其中最特别的共同点是："山西"。这是怎么一种关联呢？

如果《狂人日记》里的"狂人"有原型的话，那应该是鲁迅的一位姓阮的表弟阮久崧。他随哥哥阮和森到山西忻州之繁峙县谋事，哥哥是师爷，他做判官，却不幸得了迫害狂症。跑到北京，找到了姨表哥周树人。一通求治之后，鲁迅买了足量的药，派家里的工人一路护送回绍兴老家。表弟第二年就病逝了。这事发生在1916年至1917年之际。很快，《新青年》的钱玄同来敲门了，约稿。鲁迅其时住在北京的绍兴会馆里，手头没有资料，写不了理论方面的文章，又不能推却盛情，就根据表弟的经历作了一篇"小说模样的文章"——《狂人日记》。中国新文学的里程碑就这样诞生了。如果鲁迅的表弟患病后直接从山西回了浙江，如果钱玄同不是登门约稿，坐等允诺，如果鲁迅可以天天坐在图书馆里从容写作，周树人将以怎样的方式成为鲁迅，真的就很难说了。

周树人成为鲁迅是时代必然，但这必然里，也需要有各种看似偶然的机缘来凑巧、集合、碰撞，进而发酵、迸发、倾泻而出。为了追述这个故事，我还委托我的同学专门寄来一本《繁峙县志》。县志里很郑重地把这个故事写入其中。我的同学知道我索求县志的目的，又搜寻并附带寄了其他两篇乡友的相关文章。其中一篇打印稿题目竟然是"没有繁峙，就没有《狂人日记》"，表达得有点过度，但乡贤式抒情也可以理解。无论如何，遥远的晋北小县，居然和中国新文学的第一声发生了联系，难道不值得大书特书么？

鲁迅一生几乎没有到过山西。只在1924年去西安讲学返京时，坐船沿黄河行至差不多山西运城的芮城、平陆一带，上岸歇脚，买了点山果即去。就这么点因缘，还是陪同者孙伏园记述的，鲁迅并没有在文章里提到过。那怎么还有"鲁迅与山西"一说呢？明显的捕风捉影。鲁研界的通病！

可是朋友，你想过没有，鲁迅在回忆自己小说创作的经历以及谈论小说技巧时，他是这么说的："所写的事迹，大抵有一点见过或听到过的缘由，但决不全用这事实，只是采取一端，加以改造，或生发开去，到足以几乎完全发表我的意思为止。人物的模特儿也一样，没有专用过一个人，往往嘴在浙江，脸在北京，衣服在山西，是一个拼凑起来的脚色。有人说，我的那一篇是骂谁，某一篇又是骂谁，那是完全胡说的。"这篇题为《我怎么做起小说来》的文章作于1933年，鲁迅已然不作小说了，属于完整性的"创作谈"。

鲁迅是浙江人，吃家乡菜，讲绍兴话，"嘴在浙江"很正常。鲁迅在北京生活了14年，北京是他在绍兴之外生活最久的地方；鲁迅又在教育部任职，见过的人，尤其是各阶层的各种"脚色"，从袁世凯到人力车夫，可谓最多，"脸在北京"也好理解。可是，为什么是"衣服在山西"，而且还是"往往"？只不过是随意而写么？完全可以用河南、山东、安徽替换掉？我以为还真的不能。那是不是因为鲁迅小说里人物的衣着多是破旧，所以他就举一个内地的例子加以辅助呢？首先，鲁迅"几乎没有"到过山西，然后是，其时的山西在整个中国也还算生存条件不差的地方。就说衣着吧，胡适1919年10月访问太原，在致友人信中描述见闻道:"街上今天到处是穿蓝布衣的学生,气象很好""山西学生的蓝布衣服很使我欢喜"。至少还没有到了以破旧出名的地步。我以为,鲁迅这么说的一个直接原因是《狂人日记》,他想到了表弟是穿着山西的衣服来北京的,尽管恰恰是《狂人日记》里没有写到人物衣着。关于模特儿的描述,也很可能是联想到了那位表弟而写。总之,事属必然,不可替换。

2.思路之来源

说句实在话,"鲁迅与山西"这个看似"强行阐释"的题目,不是不值得做,而是我自觉学力还不够,写不出多少新意。1986年,我到山西省作协工作。一条小胡同里竟然有两位鲁迅研究专家在共事。一位是"我的第一个上级"董大中。他送我的第一本著作,就是多达20万字的《鲁迅与山西》。前几个月见到孙郁教授,他说董大中很了不起,打算写写他,资料都准备好了。我以为孙郁教授的评价很中肯。另一位是评论家李国涛。20世纪80年代初，他就出版了专著《〈野草〉艺术谈》和《STYLIST——鲁迅研究的新课题》，前者是新时期较早关于《野草》的研究著作，后者为列入陕西人民出版社"鲁迅研究丛书"中的一种，在当时学界规格很高。上个月和郜元宝教授聊天，他突然提到李国涛，说程德培曾向他推荐过，表示十分佩服。我也告诉他，李国涛先生不但学问好，他以"高岸"为笔名发表出版的小说也很有味道。值得记住的是，他是"山药蛋派"这一说法的首提者、命名者。

有两位前辈在前，我谈"鲁迅与山西"，还得再好好学习、积累以后再说。

这就有了这篇谈鲁迅小说衣着的文章。不是说衣着这个话题就更小，更好谈，而是因为，毕竟话题有聚焦，范围可控制。当然，我也觉得这是看取鲁迅小说的一个很有价值的视角。

3. 衣着是符号，也是象征

还是那句话，经典的最大品质是，可以从一百个方向进入，进而打开一个广大的世界。从衣着看鲁迅小说，能发现什么呢？

首先要谈的还是《孔乙己》。《孔乙己》可谓是经典中的经典，谈什么都有它，它都很丰富。我在上一篇里谈鲁迅小说里的"钱"，首谈而且认为最丰富精准的是《孔乙己》。谈衣着，又何尝不是呢？咸亨酒店格局很小，里外两间分开来两个人生世界。这样的两重天，最直观的是衣着的长短，而孔乙己的尴尬在于，他是"站着喝酒而穿长衫的唯一的人"。他生存在夹缝当中，其实鲁镇的"上流社会"早已将他抛弃，即使在"短衣帮"里，他也不过笑料而已。小说里，真正拿孔乙己开涮，愿意和他一起逗乐的，是外间站着喝酒的短衣帮。小说还强调了孔乙己身上的这一件长衫，它只有长度还代表着主人想要挤进去的阶层，其实，他"穿的虽然是长衫，可是又脏又破，似乎十多年没有补，也没有洗"，早就失去证明身份的作用了。小说几乎是用衣着来简约式地表达两重社会的严格区分。就说叙述者"我"这个小伙计吧，他的"岗位"转换，也是因为"掌柜说，样子太傻，怕侍候不了长衫主顾，就在外面做点事罢。外面的短衣主顾，虽然容易说话，但唠唠叨叨缠夹不清的也很不少"，从小就在心里烙下了衣服"长""短"实为天壤之别的印迹。

孔乙己最后一次出场，抢眼的仍然是他的衣着。"那孔乙己便在柜台下对了门槛坐着。他脸上黑而且瘦，已经不成样子；穿一件破夹袄，盘着两腿，下面垫一个蒲包，用草绳在肩上挂住；见了我，又说道，'温一碗酒。'"形状何其悲惨。早在1924年，作家冯文炳就曾经这样表达过自己看过《孔乙己》的感受："我读完《孔乙己》之后，总有一种阴暗而沉重的感觉，仿佛远远望见一个人，屁股垫着蒲包，两手踏着地，在旷野当中慢慢地走。"（冯文炳《呐喊》）

在《孔乙己》里，钱和衣着是交叉着、接续着来写的。即如"他从破衣袋里摸出四文大钱，放在我手里"，通过这样两个意象叠加，孔乙己的形象便无法替代地呈现在读者眼前了。

孔乙己的衣着是他自己强行要留在身上的，因为他知道那是符号，也是象征，尽管这象征在别人眼里不过是一则笑谈的材料而已。

在鲁迅的另一篇精致的短篇中,在白描手法上甚至比《孔乙己》还要极致的《风波》里,衣着的符号色彩和象征意义一样突出而且直接。《风波》是典型的"无事的悲剧",七斤辫子的有无是"身体政治",赵七爷的幸灾乐祸不只是通过言语威胁,更是通过衣着来象征着"政治正确"。"伊透过乌桕叶,见又矮又胖的赵七爷正从独木桥上走来,而且穿着宝蓝色竹布的长衫。"七斤嫂的嗅觉在这一点上非常灵敏。她看见赵七爷远远地走来,就立刻判断出"皇帝坐了龙庭,而且一定须有辫子,而且七斤一定是非常危险"。为什么?因为赵七爷的这件竹布长衫,是轻易不穿的。三年以来,只穿过两次:"一次是和他呕气的麻子阿四病了的时候,一次是曾经砸烂他酒店的鲁大爷死了的时候;现在是第三次了,这一定又是于他有庆,于他的仇家有殃了。"

这就是衣着的象征性所在。它是致命的,远不是长短、新旧可以说得彻底。到小说结尾,"风波"平息了,因为皇帝并没有坐龙庭。一个重要的标志仍然来自七斤嫂对衣着的判断:"我今天走过赵七爷的店前,看见他又坐着念书了,辫子又盘在顶上了,也没有穿长衫。"不但敏感,而且准确。衣着即政治。

在《风波》里,凡写到衣着,都是以这样的"象征符号"出现的。比如九斤老太在描述"长毛"的"今不如昔"时,是这样表达内心不平的:"现在的长毛,只是剪人家的辫子,僧不僧,道不道的。从前的长毛,这样的么?我活到七十九岁了,活够了。从前的长毛是——整匹的红缎子裹头,拖下去,拖下去,一直拖到脚跟;王爷是黄缎子,拖下去,黄缎子;红缎子,黄缎子,——我活够了,七十九岁了。"赵七爷的竹布长衫,"长毛"的"红缎子,黄缎子",浓缩了太多的时代意味。

4. 衣着蒙太奇

鲁迅小说里,衣着的描写颇有电影镜头语言的感觉,聚焦、放大、逼真,意味深长。阅读的是文字,幻化的是电影画面。

看看《伤逝》是怎样描写鞋声的。那是在暗夜里，涓生孤独贫居时的听觉以及想象。"我憎恶那不像子君鞋声的穿布底鞋的长班的儿子，我憎恶那太像子君鞋声的常常穿着新皮鞋的邻院的搽雪花膏的小东西！"写的是过路者的鞋声，表达的是涓生急迫而复杂的心情。"蓦然，她的鞋声近来了，一步响于一步，迎出去时，却已经走过紫藤棚下，脸上带着微笑的酒窝。"子君的由远及近，形象的逐渐清晰，是伴随着鞋声"一步响于一步"而来的。画面感极强，却没有一笔是正面书写。因此还与前面的"不像"与"太像"的鞋声互为呼应，让子君的出场变得极其特别。这里没有鞋，只有对鞋子声响的描述。

再看看《药》，衣着描写的定格化和由远及近，造成强烈的视觉化效果。"老栓一面听，一面应，一面扣上衣服；伸手过去说，'你给我罢。'华大妈在枕头底下掏了半天，掏出一包洋钱，交给老栓，老栓接了，抖抖的装入衣袋，又在外面按了两下；便点上灯笼，吹熄灯盏，走向里屋子去了。"出门后的华老栓，始终惦记着那一包救命的钱，"按一按衣袋，硬硬的还在"。到了杀人现场，"又见几个兵，在那边走动；衣服前后的一个大白圆圈，远地里也看得清楚，走过面前的，并且看出号衣上暗红色的镶边"。典型的镜头推近，但并没有明确指出这些情景分别是谁的眼睛所见。有华老栓的，也有现场所有围观者的，还有小说叙述者的。《药》里的场景描写，通篇都以这样的镜头语言来突出画面感。"'喂！一手交钱，一手交货！'一个浑身黑色的人，站在老栓面前，眼光正像两把刀，刺得老栓缩小了一半。那人一只大手，向他摊着；一只手却撮着一个鲜红的馒头，那红的还是一点一点的往下滴。"包括衣装在内的"浑身黑色"与"鲜红的馒头"形成色彩上的鲜明对比。"驼背五少爷话还未完，突然闯进了一个满脸横肉的人，披一件玄色布衫，散着纽扣，用很宽的玄色腰带，胡乱捆在腰间。"刽子手的形象借助衣着的特别活画出来。

  这是强烈的对比描写，而在小说的结尾，当华大妈正要悲伤地离开墓地时，眼前却出现了让她疑惑的景观，她看见的其实是夏瑜的母亲。"小路上又来了一个女人，也是半白头发，褴褛的衣裙；提一个破旧的朱漆圆篮，外挂一串纸锭，三步一歇的走。"虽然"也是半白头发，褴褛的衣裙",墓前的景象却各不相同。这正是小说要强调的。

如果要将小说《一件小事》改编成微电影的话,画面都不必重写,鲁迅的描述可以直接使用。"跌倒的是一个女人,花白头发,衣服都很破烂。伊从马路边上突然向车前横截过来;车夫已经让开道,但伊的破棉背心没有上扣,微风吹着,向外展开,所以终于兜着车把。幸而车夫早有点停步,否则伊定要栽一个大觔斗,跌到头破血出了。"我甚至觉得这不是小说的"原创"写法,而是电影语言的一种文字转换。微风下向外展开的衣服"兜着车把",这种定格化的画面具有极强的视觉冲击力。《一件小事》在艺术上的风采,正是因这样的描写让人印象深刻。即使是想象中的景象也是一样。"我这时突然感到一种异样的感觉,觉得他满身灰尘的后影,刹时高大了,而且愈走愈大,须仰视才见。而且他对于我,渐渐的又几乎变成一种威压,甚而至于要榨出皮袍下面藏着的'小'来。"事实上,"皮袍下面"是"榨"不出"小"来的,但在人物心里,却果然如此,完全成立。

鲁迅小说衣着描写所达到的逼真程度,是一种极其敏感的、细微的、难以言说的感觉或感应，只有文学语言可以如此尖锐表达。比如《明天》，至少两处写单四嫂子因衣着而产生的身体感应。一处是写她抱着生命垂危的孩子，"带着药包"疲惫行走的状态，当她"没奈何"坐下来休息一下的时候，感觉到"衣服渐渐的冰着肌肤，才知道自己出了一身汗；宝儿却仿佛睡着了"。衣服"冰着肌肤"，孩子的"睡"即将"冰着"她的心。这样的描写，我只能说，电影达不到的地方，幸好有文学。小说的另一处描写也是如此。那是同一环境下的另一场景。蓝皮阿五强行帮忙来抱孩子。"单四嫂子在这时候，虽然很希望降下一员天将，助他一臂之力，却不愿是阿五。但阿五有点侠气，无论如何，总是偏要帮忙，所以推让了一会，终于得了许可了。他便伸开臂膊，从单四嫂子的乳房和孩子中间，直伸下去，抱去了孩子。单四嫂子便觉乳房上发了一条热，刹时间直热到脸上和耳根。"对心理与身体感应的极致描写。

鲁迅小说里的衣着描写，着笔并不多，却十分有用而有力。因为它们的指向不是要完成对人物外形尽可能完整的描绘，而是为了突出人物的身份、状态。比如《故乡》

里对杨二嫂的刻画，甚至都没有写到衣着，而是为了突显她的"圆规"似的腿，强调她"没有系裙，张着两脚"。而闰土呢，则是"他头上是一顶破毡帽，身上只一件极薄的棉衣，浑身瑟索着；手里提着一个纸包和一支长烟管，那手也不是我所记得的红活圆实的手，却又粗又笨而且开裂，像是松树皮了"。这样的衣着、物具、双手，闰土的命运已经活现。

鲁迅对衣着的描写并不刻意。其详略取舍也很特别。比如《祝福》对祥林嫂的描写，当她一出场与"我"在街头迎面遇见时，最能显示她惨状的应该是她的衣着，小说却恰恰没有写到。"五年前的花白的头发，即今已经全白，全不像四十上下的人；脸上瘦削不堪，黄中带黑，而且消尽了先前悲哀的神色，仿佛是木刻似的；只有那眼珠间或一轮，还可以表示她是一个活物。她一手提着竹篮，内中一个破碗，空的；一手拄着一支比她更长的竹竿，下端开了裂：她分明已经纯乎是一个乞丐了。"写到的是她的神色和"随身物"。小说在两处写了祥林嫂的着装。分别是她先后出现在鲁四老爷家的时候。"头上扎着白头绳，乌裙,蓝夹袄,月白背心,年纪大约二十六七,脸色青黄,但两颊却还是红的。"这是头一次。第二次是:"她仍然头上扎着白头绳,乌裙,蓝夹袄,月白背心,脸色青黄,只是两颊上已经消失了血色,顺着眼,眼角上带些泪痕,眼光也没有先前那样精神了。"衣着没有变,神色却已完全不同了。这正是小说意味所在。以"不变"突显彻底"改变"。

衣着蒙太奇,有如电影画面跃动,也如摄影照片凝固,还如木刻刀锋尖锐。

5."知识者"的衣着

通过孔乙己的长衫,我们已经知道,衣着是人物身份的象征,这是鲁迅之所以写到衣着的重要原因。在鲁迅小说里,短衣帮和"长衫主顾"是两个截然不同的世界。所以,当鲁迅写到那些有身份或自以为有身份的人物时,总会强调他们衣着上的不同。特别是他写那些破落的知识者抑或伪道士时,总会哪怕一笔带过写到他们着装上的特殊之处。《幸福的家庭》里的"作家"是这样想象主人公的:"那么，假定为西洋留学生罢。主人始终穿洋服，硬领始终雪白；主妇是前头的头发始终烫得蓬蓬松松像一个麻雀窠，牙齿是始终雪白的露着，但衣服却是中国装，……"

《长明灯》里的"疯子"是什么形象？"黄的方脸和蓝布破大衫，只在浓眉底下的大而且长的眼睛中，略带些异样的光闪，看人就许多工夫不眨眼，并且总含着悲愤疑惧的神情。"《示众》里被围观的景象是这样的："在电杆旁，和他对面，正向着马路，其时也站定了两个人：一个是淡黄制服的挂刀的面黄肌瘦的巡警，手里牵着绳头，绳的那头就拴在别一个穿蓝布大衫上罩白背心的男人的臂膊上。这男人戴一顶新草帽，帽檐四面下垂，遮住了眼睛的一带。但胖孩子身体矮，仰起脸来看时，却正撞见这人的眼睛了。那眼睛也似乎正在看他的脑壳。他连忙顺下眼，去看白背心，只见背心上一行一行地写着些大大小小的什么字。"《肥皂》里的四铭则是看似有点身份。"只见四铭就在她面前耸肩曲背的狠命掏着布马挂底下的袍子的大襟后面的口袋。"而这样的"布马挂"，在散文《范爱农》里，范爱农也是穿着类似的一件。《离婚》里也有这么一位："立刻进来一个蓝袍子黑背心的男人,对七大人站定,垂手挺腰,像一根木棍。"似乎与"布马挂"的行头有点相似。

除了"蓝布大衫"和"布马挂",《孤独者》里有"白长衫",那是来料理魏连殳丧事的人物。"我刚跨进门,当面忽然现出两个穿白长衫的来拦住了,瞪了死鱼似的眼睛,从中发出惊疑的光来,钉住了我的脸。"而魏连殳呢,活着时无疑也是一件破旧长衫在身,死后却变得有点威严。"一条土黄的军裤穿上了,嵌着很宽的红条,其次穿上去的是军衣,金闪闪的肩章,也不知道是什么品级,那里来的品级。到入棺,是连殳很不妥帖地躺着,脚边放一双黄皮鞋,腰边放一柄纸糊的指挥刀,骨瘦如柴的灰黑的脸旁,是一顶金边的军帽。""这很出我意外。"然而,"我"同时看到,"他在不妥帖的衣冠中,安静地躺着,合了眼,闭着嘴,口角间仿佛含着冰冷的微笑,冷笑着这可笑的死尸"。

总之,可以想见的是,鲁迅小说里的衣着,不是人物外貌描写的一部分,而是与其身份、地位直接关联的符号和象征。

6. 阿Q的衣着

《阿Q正传》是一篇非常复杂的小说。想要简要分析清楚几乎是不可能的。在此，只取衣着以及衣服描写这一端来看看小说的玄妙之处。

小说对阿Q性格的描写是有些夸张的。比如通过在衣服里捉虱子来表示不服。"阿Q也脱下破夹袄来，翻检了一回，不知道因为新洗呢还是因为粗心，许多工夫，只捉到三四个。"他也会因为衣服的多少而产生更多不平。"阿Q礼毕之后，仍旧回到土谷祠，太阳下去了，渐渐觉得世上有些古怪。他仔细一想，终于省悟过来：其原因盖在自己的赤膊。他记得破夹袄还在，便披在身上，躺倒了，待张开眼睛，原来太阳又已经照在西墙上头了。他坐起身，一面说道，'妈妈的……'"可见，阿Q是知冷知热的。他虽然对生活的艰辛没有深度的体悟，却往往懂得没有足够的衣服而"赤膊"是不行的。"阿Q坐了一会，皮肤有些起粟，他觉得冷了，因为虽在春季，而夜间颇有余寒，尚不宜于赤膊。他也记得布衫留在赵家,但倘若去取,又深怕秀才的竹杠。"天气一热,他却又想用衣物换取酒钱了。"幸而已经春天,棉被可以无用,便质了二千大钱,履行条约。赤膊磕头之后,居然还剩几文,他也不再赎毡帽,统统喝了酒了。但赵家也并不烧香点烛,因为太太拜佛的时候可以用,留着了。那破布衫是大半做了少奶奶八月间生下来的孩子的衬尿布,那小半破烂的便都做了吴妈的鞋底。"阿Q的衣着总是和他的酒钱联系到一起,顾了这头,落了那头。"有一日很温和,微风拂拂的颇有些夏意了,阿Q却觉得寒冷起来,但这还可担当,第一倒是肚子饿。"

当阿Q从城里"发达"荣归的时候,人们对他的另眼相看也体现在与衣服相关的话题上。"但阿Q这回的回来,却与先前大不同,确乎很值得惊异。天色将黑,他睡眼蒙胧的在酒店门前出现了,他走近柜台,从腰间伸出手来,满把是银的和铜的,在柜上一扔说,'现钱!打酒来!'穿的是新夹袄,看去腰间还挂着一个大搭连,沉钿钿的将裤带坠成了很弯很弯的弧线。"钱和衣着相联结。连人们向他示好、巴结,也与衣着以及材料相关。"女人们见面时一定说，邹七嫂在阿Q那里买了一条蓝绸裙，旧固然是旧的，但只化了九角钱。还有赵白眼的母亲，——一说是赵司晨的母亲，待考，——也买了一件孩子穿的大红洋纱衫，七成新，只用三百大钱九二串。"阿Q的得意也是因此而生。他没有想到，从前欺负他，不把他当人看的那些人，现在却来求他了。"加以赵太太也正想买一件价廉物美的皮背心。于是家族决议，便托邹七嫂即刻去寻阿Q，而且为此新辟了第三种的例外：这晚上也姑且特准点油灯。"更有甚者，连赵太爷都得看阿Q眼色，这真是翻天了。"'我要一件皮背心。'赵太太说。阿Q虽然答应着，却懒洋洋的出去了，也不知道他是否放在心上。这使赵太爷很失望，气愤而且担心，至于停止了打呵欠。"

然而，阿Q的落难很快到来，长衫人物的出现总会改变他的命运。他被抓捕了。

"站着说！不要跪！"长衫人物都吆喝说。
阿Q虽然似乎懂得，但总觉得站不住，身不由己的蹲了下去，而且终于趁势改为跪下了。

"奴隶性！……"长衫人物又鄙夷似的说，但也没有叫他起来。

…………

许多长衫和短衫人物，忽然给他穿上一件洋布的白背心，上面有些黑字。阿Q很气苦：因为这很像是带孝，而带孝是晦气的。然而同时他的两手反缚了，同时又被一直抓出衙门外去了。

由此可以见出，阿Q命运和衣着之间，无论是他自己的还是别人的，都有着不可剥离的关系。

7. 衣着的功能限度

对一部（篇）小说而言，写不写到人物衣着，写到多细的程度，并无一定之规，更不是评价小说高下得失的标尺。小说说到底靠的是人物故事及其所表达的东西。衣着或者说服饰，不应该"抢戏"。罗兰·巴特在《戏剧服饰的病态》一文，指出了戏剧里常见的因服饰抢戏以致戏剧情节被弱化或被观众忽视的情形。他指出了三种病态情形：首先是过度强调服饰的特殊，"它吸收或分散观众的注意力，致使注意力远离演出而被分散到非常细小的区域"；其次是服饰成为"与戏剧本身无关的一种形式美的畸形发展"；最后是追求奢华的病态，"可怕的华贵之痈疽已经完全吞噬了戏剧"。(《罗兰·巴特文集（文艺批评文集）》)

基于以上理论，我们再来看鲁迅小说里的衣着描写，可以认为，它们在小说中的占比是很小的，甚至可以认为，鲁迅是在有意控制、克制中做有限度的衣着描写。人物衣着包括他们的外形、容貌，绝不能成为小说故事的中心或重点，它们只在关键处起到画龙点睛之作用。鲁迅总是用最简洁的文字来点化一下人物的衣着，使其更恰切地融入小说故事当中。这种控制、克制，这种简洁、精确，也是鲁迅小说现代性的另一个证明。

因为鲁迅对钱、对衣着的描写达到如此精细而且意味深长的地步，我于是产生联想，这就是经典的魅力所在，你甚至可以随意想出一个点,由此进入,一样可以看到一个纷繁的世界,得出不一样的结论。我以为,不妨就此开掘下去,看看还能描述出怎样的动人景观。

2023 年 10 月 21 日

下 辑

经典的炼成

——为什么说《孔乙己》是经典里的经典

一、五四之前鲁迅的三篇小说

五四前夕,鲁迅一共创作和发表了 3 个短篇小说。《狂人日记》是中国新文学的宣言书,是中国现代小说的第一篇作品。它发表在1918年5月的《新青年》杂志上，比五四运动早了整整一年时间，对于《狂人日记》的时代意义，人们讨论很多，它的宣言书和里程碑意义早有定论。第二篇就是《孔乙己》，小说发表于1919年4月的《新青年》，第三篇小说是写作于1919年4月的《药》，发表在五四当月的《新青年》。《药》因为其中有革命者的形象，小说与时代的关系也多有评说。或许《孔乙己》是个"例外"，而它又正好处在另两篇小说的中间。如何分析和理解《孔乙己》，于是就成为今天仍然需要讨论的话题。

《孔乙己》是鲁迅在《狂人日记》之后创作的第一篇小说，也就是鲁迅的第二篇白话文小说。鲁迅在《呐喊·自序》里曾经讲过，《狂人日记》发表以后，"便一发而不可收，每写些小说模样的文章，以敷衍朋友们的嘱托，积久就有了十余篇"。

这个"一发而不可收"，从《狂人日记》到《孔乙己》估量的话，还并非密集的"不可收"状态，因为两个短篇小说之间，居然间隔了将近一年时间。当然这是按照作品末尾标注的日期（一九一九年三月）计算的。据《鲁迅全集》注释介绍，鲁迅小说当年在发表时都是没有标注写作日期的，文末的时间都是作者在编辑成集出版前所加。1919年3月10日的鲁迅日记，记有"录文稿一篇讫，约四千余字"，据注释，此文稿即是《孔乙己》。

事实上，《孔乙己》的写作时间应该在1918年冬天。《孔乙己》发表在1919年4月的《新青年》第六卷第四期上。发表时，篇末有鲁迅的《附记》如下："这一片很拙的小说，还是去年冬天做成的。那时的意思，单在描写社会上的或一种生活，请读者看看，没有别的深意。但用活字排印了发表，却也在这时候，——便是忽然有人用了小说盛行人身攻击的时候。大抵著者走入暗路，每每能引读者的思想跟他堕落：以为小说是一种泼秽水的器具，里面糟蹋的是谁。这实在是一件可叹可怜的事。所以我在此声明，免得发生猜度，害了读者的人格。一九一九年三月二十六日记。"孔乙己是那样的特别，一个不得不偷书而换酒喝的读书人的遭遇，鲁迅却担心有人来对号入座，这其实是鲁迅对孔乙己这类人物在当时社会上普遍性与典型性的认知。

二、《孔乙己》在鲁迅小说中的地位

《孔乙己》实际字数不过 2600 字，但它在鲁迅小说里所占据的位置却是很高的。首先是因为鲁迅本人比较偏爱。据孙伏园发表于 1924 年的《关于鲁迅先生》一文记述道："我曾问过鲁迅先生，其中那一篇最好，他说他最喜欢《孔乙己》，所以已经译了外国文。我问他的好处，他说能于寥寥数页之中，将社会对于苦人的冷漠，不慌不忙的描写出来，讽刺又不很显露，有大家的作风。"

作为五四之前的三篇小说，把它们视作一个单元，或放置到一起比较评价是很自然的事，自鲁迅当年就这么做了。孙伏园已经指出过，《孔乙己》的创作目的"是在描写一般社会对苦人的凉薄"，所以他认为，在《孔乙己》里，对那些活动在咸亨酒店并拿孔乙己开心的人，包括酒店的掌柜、其他顾客、邻舍的孩子们，鲁迅的描写并没有将他们置于《药》里面的康大叔、驼背五少爷等地步，将他们的恶意直接显露出来。也就是说,《孔乙己》营造的氛围并不那么剑拔弩张,欢乐中的悲凉、热闹中的酸楚是小说制造出的环境。孙伏园认为,这种区别在于,《孔乙己》和《药》分属两类不同的小说,主题上是有差别的。"《药》的主人公是革命先烈,他的苦难是国家民族命运所系,而《孔乙己》的主人公却是一个无关大局的平凡的苦人;另一方面则是作者态度的'从容不迫',即使不象写《药》当时的'气急虺隤',也还是达到了作者描写一般社会对于苦人的凉薄的目的。鲁迅先生特别喜欢《孔乙己》的意义是如此。"

顾农先生在《重读〈孔乙己〉》一文中认为,鲁迅对《狂人日记》《孔乙己》《药》三篇小说的态度,是值得分析的。既然《孔乙己》是鲁迅本人最喜欢的小说,可是为什么1935年鲁迅编选《中国新文学大系·小说二集》时,却选了《狂人日记》和《药》而独没有选《孔乙己》?可是早在1933年,鲁迅编选"自选集"时,首先就选了《孔乙己》,却没有把《狂人日记》和《药》选入。"这好像是奇怪的。"顾农先生说。不过他对这一问题的分析还是深得我心。他认为,编选《小说二集》时,"鲁迅采取的是史家的立场,为表明'文学革命'之初新兴的中国短篇很受了外国文学的影响,遂影响及于作品的取舍。正如鲁迅后来所说,五四'新文学是在外国文学潮流的推动下发生的,从中国古代文学方面,几乎一点遗产也没摄取',《狂人日记》和《药》受外国文学的影响非常明显,体现了那时的潮流;而《孔乙己》比较多地摄取了中国古代小说的遗产,虽然在艺术上更优秀,在当时却不具代表性典型性。而到从事《自选集》时,就不必考虑这样的因素了"。

这是从小说形式上说的,从主题上讲也是如此。"《狂人日记》和《药》的主题都与时事非常接近,更直接就是时代精神的号筒,《孔乙己》注意的是国民性深处的问题,不那么热门,因此也就不是最能代表五四的主流精神,这大约又是不必选入《小说二集》的一个原因。"

"《狂人日记》和《药》当然具有重大的时代意义,在艺术上鲁迅对这两篇都有不大满意的地方,他曾说过,《狂人日记》'很幼稚,而且太逼促,照艺术上说,这是不应该的'。所谓逼促,就是指急于表达主题而在艺术上显得过于紧张,倾向过于外露,缺乏余裕;《药》也缺乏从容不迫的气象。"

从这些论述中,我们也可以看到,《狂人日记》、《孔乙己》和《药》这三篇小说,还是有同构性的,这种同构性,就是它们都是在五四爆发之前创作和发表,它们与时代的关系都很密切,但是在表达方式上又有各自的不同,艺术上也各有侧重。所以不能说鲁迅最喜欢《孔乙己》就意味着他持《狂人日记》和《药》反居其次的评价。事实上,艺术评价和与时代相结合的评价,在鲁迅那里有区别,但没有明确的你高我低。这里所说的鲁迅"最喜欢"主要是指在艺术表现这一点上。作为遵时代之命的文学家,鲁迅当然非常看重《狂人日记》的宣言书作用和《药》的革命主题。作为小说作品,鲁迅一定认为《孔乙己》更成熟、更完美。而且,《孔乙己》与时代精神,与五四的时代要求之间有着内在的联系,本质上是一致的,但考虑到其他一些因素,鲁迅在当时没有强调《孔乙己》的价值。

三、《孔乙己》的艺术特点

鲁迅一向对自己小说在艺术性上的评价持审慎态度。《呐喊·自序》很直接地讲是"每写些小说模样的文章,以敷衍朋友们的嘱托",又说:"我的小说和艺术的距离之远,也就可想而知了,然而到今日还能蒙着小说的名,甚而至于且有成集的机会,无论如何总不能不说是一件侥幸的事。"但其实,我们知道,以鲁迅对小说艺术的理解,他对自己小说在同时代作品中的位置是有准确认知的。比如《孔乙己》,可以说是鲁迅自己的得意之作。虽然说孙伏园文章里提到的"有大家的作风"不能完全坐实,但《孔乙己》在寥寥不到三千字里达到的艺术高度,实在是短篇小说里的典范。

1. 首先看结构。《孔乙己》总共有十三个段落。大体上可以分为两个片段。第一至八段是上半段,第九段是过渡段,第十至十三段是下半段。上半段是空间叙事,下半段是时间维度。这其实不是我的发现,叶圣陶先生早年就持这样的看法——当然他没有具体说明如何切分——而我认为这一判断是十分准确的。小说的上半段里,几乎没有出现过时间,更没有明确的时序,似乎一直在做从不同角度认识孔乙己的事情,好让读者对这样一个平淡而又奇特的人增加认识。后半段则出现了较为严格的时序。从中秋到年关,再到中秋,再到年关,短短数百字,跨度却达两年以上时间。

整篇《孔乙己》,场景从没有离开过咸亨酒店。不过在上半段,围绕孔乙己的人物,除了"我"之外,其他的人物都是虚拟式的出场,是一种类型化的表现。这些人物甚至都是以复数方式出场的,事实上是作为场面、氛围的一种烘托而存在,这种群体性和复数式也是鲁迅描写"看客"时通用的手法。同时这样的描写也保证了孔乙己在小说里的主角地位。而在下半段里,不但"我"跟孔乙己有了交流,还加进了咸亨酒店的掌柜与孔乙己的直接对话。在这部分里,看客式的"群众"已经基本退场,不过还是有一句话，说"此时已经聚集了几个人，便和掌柜都笑了"。这里突出的是掌柜。

在整体结构的布局中，《孔乙己》最突出的特点是前后呼应，"无微不至"。几乎所有的描写都看似非常平淡，可是如果我们通过上下文找到它们之间相互的呼应，就会感到作者的用心是多么的精细，而且又不着痕迹。从叙事上来讲，《孔乙己》每一个看上去并无多少出彩之处的段落，只要联系上下文，寻找它们之间的呼应和勾连，就会发现其中的微妙之处。

第一段主要是描写咸亨酒店的格局，依次流露出以下信息：第一句提到了酒店柜台下面预备着热水，可以随时用于温酒。第二句说，那些做工的人，是在柜台外站着喝酒。第三句则说，只有穿长衫的人，可以到里面要酒要菜，慢慢地坐喝。

我们都知道，《孔乙己》是一篇有特定叙事角度的小说，就是在店里打工的只有十二岁的"我"。但这个"我"是在第二段才开始出现，第一段可以说还是全知全能的视角，或是"我"的未到先声。第二段强化了长衫主顾和短衣主顾之间的区别，同时还呼应了小说的第一句，那就是"温酒"这个职业。这一段因为"我"的职业原因，还带出了酒店掌柜，掌柜显然是又有私心但又不极端的那种人。第三段，因为"我"无聊的原因，于是就使小说真正的主角孔乙己呼之欲出。

第四段就是孔乙己的真正出场了，这时候我们可以看到，打头的第一句话就呼应了小说前三段的所有的信息，或者说印证了前三段淡而不浓的叙述，其实就是为了推出这一句话的精彩，那就是"孔乙己是站着喝酒而穿长衫的唯一的人"，而这一描述可以说是全篇最精彩的一句，可以见出鲁迅在小说叙事上非同一般的功力。这一段不但把孔乙己有"文化"的身份特写出来，还写到了"偷书"这个影响了小说全篇的情节。这当中我们要看到一个细节。小说第一段描写了咸亨酒店里那些短衣帮，说他们只要肯花四文铜钱就可以买一碗酒，如果再多花一文钱，就可以买一碟盐煮笋或者茴香豆。

到了第四段，小说写到，孔乙己"对柜里说，'温两碗酒，要一碟茴香豆。'便排出九文大钱"。这"九文大钱"

的描写，因为第一段看似数据式的交代而有了十足的依靠，从故事角度讲，"排出九文大钱"也让读者看到孔乙己有钱以后的满满自信。

第五段则是集中描写了孔乙己的身份和他的处境之间的"拧巴"所造成的尴尬。一方面是读书人，另外一方面却又是偷书人。然而从"我"的角度看，孔乙己"品行却比别人都好，就是从不拖欠"。

第六至八段，集中描写了孔乙己在酒店里的种种表现，以及他为现场带来的各种各样的快活气氛，其中当然最出彩的是关于茴香豆的四种写法和"多乎哉？不多也"的半文不白。

第九段只有一句话，却是切分小说上下半段的非常重要的一句话："孔乙己是这样的使人快活，可是没有他，别人也便这么过。"孔乙己在人群中的可有可无、被人漠视的窘境一语尽出。

在第一段至第八段，除了介绍咸亨酒店的格局之外，就是讲述孔乙己到店以后的种种表现。所有其他人物，不管是掌柜、短衣帮，还是孩子们，其实都是小说主角孔乙己的陪衬。这些人物，包括说话的人，都是类型化的。所以小说里有"他们又故意的高声嚷道，'你一定又偷了人家的东西了！'"，是谁说的不重要，重要的是，通过这样的对话，描述孔乙己的窘迫。而这些碎片化的、类型化的描写，却并没有互相割裂、互不关联的感觉，是因为，小说在叙事的层面上用特殊的意象使它们浑然一体。这其中就有"笑声"带来的衔接效果。第三段说"只有孔乙己到店，才可以笑几声"，第四段的结尾是"引得众人都哄笑起来：店内外充满了快活的空气"。第六段的结尾又是"众人也都哄笑起来，店内外充满了快活的空气"。第七段有"掌柜见了孔乙己，也每每这样问他，引人发笑"。第八段的结尾，又是"于是这一群孩子都在笑声里走散了"。

可以说，孔乙己出现后带来的笑声，在小说的形式感上，起到了将那些由"我"的记忆碎片式推出的情节互相关联的作用，做到了神形都不散。

小说的第十至十三段，则是由时序构建起来的。从"中秋前的两三天"，到"中秋过后，秋风是一天凉比一天，看看将近初冬"，接着是到了"年关"，然后是"第二年的端午",再到"中秋","再到年关",短短的几百个字,时间长达两年,但读者并不感觉是故事梗概,因为中间还有核心情节,这就是孔乙己坐着蒲包的再次出现。这的确是短篇小说叙事上的典范。

2. 小说里的前后呼应。前面已经就酒店格局与孔乙己地位特殊之间的关联做了说明,也说明了酒钱菜钱的价格这一看似闲笔,实则非常有用有效的前后呼应。其他的比如,小说前面描写了孔乙己"身材很高大",这是要说他威猛有力么?不是。这是为后面的两个情节做了铺垫。一是孔乙己给孩子们分茴香豆吃的情景,只见他"弯腰下去说道,'不多了,我已经不多了。'直起身又看一看豆,自己摇头说,'不多不多!多乎哉?不多也'"。想象到孔乙己高大的身材,这样的情景,就更容易让人发笑了。还有就是,孔乙己被人吊打之后,再一次出现在酒店,"我"听见一个声音,"温一碗酒","看时又全没有人,站起来向外一望,那孔乙己便在柜台下对了门槛坐着"。联想到孔乙己"身材很高大",如今却变成这样的状况,怎不令人唏嘘?

再比如小说写到中秋过后将近初冬,说"我整天的靠着火,也须穿上棉袄了",可是孔乙己出场时,却"穿一件破夹袄,盘着两腿"。"我"整天靠着火却还需穿棉袄,孔乙己却是另一番景象。这种对比看似不经意,其实给读者留下相当深刻的印象。重要的不是"我"有棉袄穿,重要的是,孔乙己只能穿一件"破夹袄"。

对于孔乙己的性格,其实小说也有递进的写法,一方面是他"读过书","但终于没有进学";另一方面是说他"不会营生,好吃懒做","免不了偶然做些偷窃的事"。孔乙己被人笑或者说给别人带来快活,主要有三个原因,它们的作用并不平均。第一是他总爱说些半文不白的话,这也成了酒店里引来笑声的噱头,但孔乙己并不在意别人听不懂,这是他的"优势"所在。第二就是别人揭他偷窃的短,每遇这种情况,孔乙己总要辩白几句,如"你怎么这样凭空污人清白?",又如"读书人的事,能算偷吗?",等等。然而只有第三种情况,即,他虽然识字,却没有获取任何功名时,孔乙己的窘迫才达到最深重的程度。当别人问他,你当真认识字吗?"孔乙己看着问他的人,显出不屑置辩的神气。"可是,"他们便接着说道,'你怎的连半个秀才也捞不到呢?'"小说写道:"孔乙己立刻显出颓唐不安模样,脸上笼上了一层灰色,嘴里说些话;这回可是全是之乎者也之类,一些不懂了。"足以见出,读过书,但是没有得到任何功名,这才是孔乙己内心最痛楚的地方,才是他真正的软肋。只有这一条让他无法辩白。

这也很有助于我们理解这篇小说真正的主题。

3.《孔乙己》的叙述视角。小说用"我"这样的视角来讲述一个"我"并不能完全理解的人物,会为小说带来什么效果?"我"是如何产生对小说故事推动作用的?因为单从年龄上讲,以"我"来理解孔乙己是很难的。

"我"在小说里至少起到两个效果。

一是强化了孔乙己的善良。孔乙己成了别人取笑的材料,在"我"看来,他却是给人带来欢乐的人,让人开心,使无聊变得不那么完全无趣。

二是"我"看似加入了"附和着笑"的行列,而且对孔乙己试图教"我"写"茴"字的热情不以为意，但事实上，"我"的内心对孔乙己另有评价，这就是孔乙己事实上是一个讲诚信的人。当所有人认为孔乙己偷窃可恶的时候，"我"却另有评价，认为他其实只是出于生活所迫"免不了偶然做些偷窃的事"，而且，"他在我们店里，品行却比别人都好，就是从不拖欠"。这种看似矛盾的评价，出自一个尚未涉世的孩子，他不是按照通常的世俗观点去评价人和事，他有自己的观点，他虽然不懂得文化，但对善恶却有自己最直接的判断。

有学者认为，《孔乙己》是一篇跟外国小说没有直接关联的作品，比起《狂人日记》和《药》，更具有中国化风格，小说继承了中国传统小说的白描写法。但它又是现代的，从艺术技巧上讲，"我"这个视角的出现就是现代小说的证明。在中国传统的小说里，第一人称叙事几乎是没有的，都是全知全能。

《孔乙己》这篇小说在艺术上的精细，从开头到结尾，都做得非常到位。比如我们前面讲过，四文钱一碗酒，一文钱一碟菜，那么到了孔乙己最后一次出现的时候，他大喊一声,"温一碗酒",随后从破衣口袋里摸出来四文钱。在小说的叙事过程中还有一条看似非常淡,但却必不可少的线索,那就是掌柜。他是故事里的降温者,似乎不参加人们对孔乙己的取笑,但也不反对人们对他的嘲弄。既不会施舍,但也不会因为欠债而去吊打孔乙己。粉板和十九文钱的欠账,这是掌柜与孔乙己之间唯一的勾连,但这淡漠比嘲弄他的人还显冷漠。

四、关于《孔乙己》的主题

对于《孔乙己》这篇小说的主题到底是什么,历来有不同的说法,当然了,也是在共同共识的基础上的分歧,都是根据个人理解各有侧重。这也说明,尽管《孔乙己》篇幅很短,但主题却并不简单。这种主题的多重性事实上也是小说艺术性的一种印证。文字的多少,语言的朴素,描写的不动声色,与小说的复杂性之间有着多重联系。"大家的作风"正见于此。关于小说的主题,着眼于孔乙己这个人物自身的,主要的观点,是认为作品通过孔乙己这个人物的遭遇，对封建科举制度进行了深刻批判。无疑，小说具有这样的主题指向。孔乙己不知道自己的迂腐，之乎者也仍然是他自以为是的看家本领，他不屑于人们拿他的穷酸起哄，甚至在嘲笑声中，他还执意要教酒店小伙计学习茴香豆的不同写法，当"我"流露出不耐烦的神情时，孔乙己报以失望（对年轻人）、惋惜（对"文化"无法传播）的表情。我们也说过，孔乙己对"偷书"被揭都有勇气去争辩，唯有当人们拿他"半个秀才"都没得到取笑时，他立刻就僵住了。这种往最痛处撒盐的做法让他难以承受。可见，封建科举对他的戕害到了怎样的地步，一个身材高大的人内心如此脆弱。当然，把《孔乙己》的主题理解为对科举本身的批判肯定不能涵盖小说的主题。在鲁迅写作《孔乙己》的1919年，科举已经是过去式，至少不必用一篇继续猛攻。所以也有把孔乙己形象扩展的论述，认为《孔乙己》反映了中国知识分子的可悲命运，揭露其言行的荒谬性。这就是说，孔乙己虽然毫无功名，但代表的却是读书人的失败命运，进而也是古代知识分子结局的可悲。不过，对于孔乙己在多大程度真正代表了中国知识分子——

哪怕是旧时代的——的思想、精神,鲁迅是不是如此定位的,这也是需要讨论的话题。孔乙己并没有从"知识"上得到任何好处,没有任何社会地位,连鲁镇上的短衣帮都不把他当回事,那些真正取得功名的人,比方何举人、丁举人,孔乙己完全不属于同一阶层,他偷人家的书,所以被何举人、丁举人吊打,丁举人出手之狠让他致残,"他家的东西,偷得的么",这是鲁镇上的人共同的评价。"做奴隶而不得"与"做稳了奴隶",孔乙己属于哪个阶层是显而易见的。不过,孔乙己的确有传统读书人的特点和习性。他们只求圣贤之书而不谙世事,最后,不但不知世情已变,连对自己的认识都陷入无知的地步。应该说,他与知识分子这个身份之间的差距还是很大的。不能投入实际的劳动和斗争,飘飘然而不知自己已被社会时代淘汰,这与俗众无异甚至更加可悲。

由于孔乙己在咸亨酒店里处于被嘲笑的状态,人们拿他取乐,他甚至还故意提供可笑的言谈举止,在这个环境里,没有人愿意或有能力去总结孔乙己的可悲,人们故意却也并非全是恶意地拿他开心开涮,这是一种怎样让人难耐的情景啊。欢笑并非敷衍，苦楚无人知晓，同一个酒店却分成里外两间，看着只是条件不同，实质分出两个阶层。

《孔乙己》并没有触及"里间"的世界，那里的人们只顾"要酒要菜，慢慢地坐喝"，懒得关心外面的平民们的话题。酒店掌柜淡然地看着这一切发生，世界在看似庸常中上演着阶级的、人性的活报剧。

等级观念如此顽固，等级制度如此森严和残酷。这也是小说的主题之一吧。如果把孔乙己前后两种不同的出场的景象联系起来看，孔乙己无疑是现场当中最可怜可悲，又孤独寂寞的一个人。但他似乎并没有反思过自己的生存困境，只求换一碗酒喝。他这样的人竟至于此，让人可叹处太多。

孔乙己，让人想起鲁迅曾经的熟人范爱农。鲁迅记述范爱农郁郁不得志，嗜酒醉酒并最终坠水而死的情形，像极了孔乙己的命运。"孔乙己是这样的使人快活，可是没有他，别人也便这么过。"这就是他在社会生存中最恰切的定位。当他坐着蒲包再次出现在酒店门口时，他的诉求还是只有"温一碗酒"，掌柜关心的也只是他的欠债，此外就是继续拿他的偷窃取乐。所以，孙伏园对《孔乙己》

的主题表达也可能更具概括性，那就是，《孔乙己》"表现一般社会对苦人的凉薄"。孔乙己是"苦人"，他身处的是一个"凉薄"的世界。

当然，这个概括又似乎缺少了《孔乙己》主题中的时代价值。王富仁的《中国反封建思想革命的一面镜子》一文认为："在《孔乙己》中似乎存在着两个互相平行的主题：一是由科举制度对孔乙己的思想毒害，揭露科举制度的罪恶；二是由咸亨酒店的酒客对孔乙己的残酷戏谑，表现封建关系的残酷本质。实际上，这两者都统一于一个更根本的主题意义，即暴露封建等级观念的极端残酷性。"这似乎更全面，但又似乎还未说尽。这正是《孔乙己》经典品质的有力证明：可以从一百个方向进入，而且没有止境。

五、各家对《孔乙己》的评价

自从《孔乙己》发表后，包括编入在《呐喊》中出版，关于这篇小说的评价，关于它和之前之后鲁迅其他小说的比较，就一直是一个争说不已的话题。关于《孔乙己》的单篇评论也不在少数，讨论鲁迅小说整体创作时举到《孔乙己》的议论更是难以计数。但近百年来的"《孔乙己》论"，梳理起来虽然困难，一定是非常有趣且启示多多的一件事。这些评价并非众口一词，交口称赞，其中也有对小说提出这样那样的问题和不满意的，我们并不认为这些都是偏见，对一部作品的见仁见智太正常不过，而且也十分必要。我这里不妨列举一些史上有名的、有代表性的相关评价，以便读者更全面了解一点《孔乙己》的"解读史"。但必须说明，这是万千论述中的一点点滴。还有一点，这里列举的都是鲁迅生活的年代以及他去世后十年左右的文章，再往后的各类文学史著作、学者的研究，包括国外汉学家的评价，我们都很容易读到，这里就不费周张罗列了。

——孙伏园《关于鲁迅先生》：

我曾问过鲁迅先生，其中那一篇最好，他说他最喜欢《孔乙己》，所以已经译了外国文。我问他的好处，他说能于寥寥数页之中，将社会对于苦人的冷漠，不慌不忙的描写出来，讽刺又不很显露，有大家的作风。

——胡适《五十年来之中国文学》：

但成绩最大的却是一位托名"鲁迅"的。他的短篇小说，从四年前的《狂人日记》到最近的《阿Q正传》，虽然不多，差不多没有不好的。

——Y生《读呐喊》：

此十五篇，含有两种作风的倾向——

（一）《孔乙己》《药》《明天》《头发的故事》《风波》《故乡》《阿Q正传》《端午节》《白光》《社戏》等篇，多为赤裸裸的写实，活现出社会之真实背影。如《头发的故事》《风波》《白光》《孔乙己》《阿Q正传》，描写辛亥革命时，下级社会人的心理，与科举的余毒，为最深刻。

——成仿吾《〈呐喊〉的评论》：

共计十五篇的作品之中，……前九篇是"再现的"，后六篇是"表现的"。

……这前期的几篇可以用自然主义这个名称来表出。《狂人日记》为自然派所极主张的记录，固不待说；《孔乙己》《阿Q正传》为浅薄的记实的传记，亦不待说；即前期中最好的《风波》，亦不外是事实的记录，所以这前期的几篇，可以概括为自然主义的作品。

……《孔乙己》《药》《明天》皆未免庸俗；……唯《风波》与《故乡》实不可多得的作品。

作者前期中的《孔乙己》《药》《明天》等作，都是劳而无功的作品，与一般庸俗之徒无异。

——冯文炳《呐喊》：

《呐喊》里面合我的脾胃的是《孔乙己》了。

只有《孔乙己》，到现在每当黄昏无事，还同着其他相同性质的作品拿起来一路读。

我读完《孔乙己》之后，总有一种阴暗而沉重的感觉，仿佛远远望见一个人，屁股垫着蒲包，两手踏着地，在旷野当中慢慢地走。

——杨邨人《读鲁迅的〈呐喊〉》：

我们的作者在这篇——《孔乙己》——里面，似乎可以微嫌没有给我们读者多大印象，有呢，不过觉得孔乙己这个人奇特而又可笑罢了。然而它却是我最喜欢读的小说中的一篇。

——A.B《要做一篇鲁迅论的话》：

A.《孔乙己》……这里蕴藏着无穷的悲哀，他却借一个酒店小伙计的眼来看，轻淡地又深刻地描出，手腕实在巧妙之至，这是可以称扬的。旁边的人的冷淡，无同情，幸灾乐祸之状，全部在纸上跃动，这是对于我中国国民的猛烈的讽刺，真是好极的东西。而且结构又巧妙。

B.……我觉得剪裁太过了。……但这一篇却是太紧凑了。好是好的，太清太洁，令人如看到一个小的玻璃球，除了圆润晶莹之外，什么都没有了。

——原野昌一郎《中国新兴文艺与鲁迅》：

短篇《孔乙己》《风波》《阿Q正传》，把中国人大部分的姿态一一都素描出来，表现得很尽致，我们由那几篇小说中窥视出传统的、深烈的压迫或压迫人的事实，天命观的握持，以及中国人的各种潜在意识，一生始终执拗的苦痛真相。那些人物——那几篇"小说中的人物"——都不大达世情，又畏惧重大压迫，但是又保持常态，并无反抗力；甚至于也不想反抗。

《孔乙己》——主人公孔乙己是农民出身，整日地在鲁镇酒店中流连。此篇描写酒店的背景不啻巧妙地间接烘托出农村的状况来。结末孔乙己竟腿折断了，一面令人哀感，同时也可觉察出人们的残忍，孔乙己的苦闷差不多是人类全体的苦闷。这篇小说可以说是他的写农村背景的诸小说中一篇最好的，深刻描写人性的小说。

——李素伯《小品文研究》：

张定璜说的好，……"读《呐喊》，读那篇那里面最可爱的小东西《孔乙己》，我们看不见调色板上的糊涂和广告单上的丑陋，我们只感到一个干净"。作者对于环境观察的锐敏，文字技巧的成功，观此当可明白了。

——华西里《评鲁迅的呐喊》:

第二篇《孔乙己》,这篇简直不是小说,因为小说是要有结构,这篇没有结构,这一篇是短小的记事,——没有深刻寓意的记事,不过描写一个落魄的文人的生活而已。

——乌尤《孔乙己及其环境》:

以别人的难堪为快乐,这可以说是"反同情"罢!"孔乙己"的环境的"鲁镇"人,就是富于这种"反同情"的。先给"孔乙己"以难堪,再从他的难堪中谋取快乐,"鲁镇"人是这样生活着的。

"孔乙己"及其环境,已经过去了呢,还是依然存在?

——许钦文《孔乙己的幽默》:

其实这一篇,根本就是讽刺的作品:旧式没落文人的孔乙己,固然可笑,可怜,又可恨;而且他的周围的一群,一味的从他那里取乐,屡次故意使得他难堪,以他的苦恼为得意而愉快,原都是只有"反同情"的!

——许钦文《略谈〈孔乙己〉》：

孔乙己可谓同样的失败：寒酸气重，空要面子，又可气又可笑，是够坏的了。但他周围的一群，无论掌柜，酒客和许多旁人，都以他的难堪为得意，使得他窘迫了，大家欢笑起来。当时的社会缺少同情，有的是"反同情"：以人家的苦痛为快乐，从人家的苦痛谋取快乐，因此杀头枪毙都爱看，以为好玩。残忍、野蛮、麻木、愚蠢；作者对此深恶痛极，所以表现得很激烈。……如今有了多大改进呢？

独如法国自然主义大作家左拉氏，用像铁锤的笔，拼命的把一个个的字牢牢的钉进读者的脑里去。如今为千千万万的读者所爱好，并不是偶然的。

——李长之《鲁迅批判》：

倘若让我只举最完整的创作的话，则我觉得在这一共二十五篇创作的两个结集里，有八篇东西是我愿意指出来的，这是：《孔乙己》、《风波》、《故乡》、《阿 Q 正传》、《社戏》、《祝福》、《伤逝》和《离婚》，这八篇东西，都是完整的艺术,……可说有永久的价值,我敢说在任何国外的大作家之群里,可以毫无愧色。

《孔乙己》作于一九一九,故事是简单的,不过写农村中智识分子的没落。可是那刻画的清晰的印象,和对于在讽刺和哄笑里的受了损伤的人物之同情,使这作品蒙上了不朽的色彩。鲁镇和咸亨酒店,是在这篇作品里开始介绍给读者。就在简单的和从容的笔底下,已经写出令人觉得十分幽默,然而十分亲切,又十分悲哀悲凉的光景。

——李桢《读〈孔乙己〉》:

而《孔乙己》是鲁迅先生最能够把握住现实生活之断片的描写的一个短篇。

……五四时代一个封建社会里面堕落而颓唐的读书人——孔乙己的影子,他就把他放在小小鲁镇的一家酒店上面出现了。

而描写孔乙己的身材服装等等,则全然显得出一种中国的风格来。虽然鲁迅先生的思想及作风,所受外国的影响甚深,……但是他却能够把西洋的作风与中国的作风互相调和而融化,透彻了解中国人民的现实生活,有意识地运用中国的形象去创作,所以活现于鲁迅先生的作品里面的人物,全然是中国人的风格,跟郁达夫先生与巴金先生等的作品,多少带有一点西洋气味的,就有不同的地方。

——圣陶《〈孔乙己〉中的一句话》:

其中表现出旧式教育的不易发展人的才性,潦倒的读书人的意识和姿态,以及社会对于不幸的人的冷淡——除了随便的当作取笑的资料以外,再没有其他的关心。

——许大远《鲁迅的小说》:

从上面两篇(《狂人日记》和《药》)里,我们可以看出鲁迅的希望和热情,是寄托在新一代的孩子身上;但他却又并不是专着眼在孩子及其前途,他也回过头去看到了一些旧人物的归宿——没落。《孔乙己》便是例子。

在这里,鲁迅是不仅将他当作没落的士大夫,也把他当作一个被损害的"人"来处理的,对这个人物付给了相当的同情;又因为熟悉的原故,他是那样真实地传达了这个人物的封建性的性格特征,以至于使得在一位多少还保留着封建余绪的作家废名(冯文炳),因此高兴起来,声称这篇作品最为他所喜爱。然而,倘若我们深一层去看《孔乙己》,那么自然也可以看出,作者的重点,是在借孔乙己的没落,暴露了科举制度是怎样地残害了"人",使他堕入悲惨的生活和死亡。

——欧阳凡海《鲁迅的书》:

鲁迅在五四运动之前,除了《狂人日记》之外,还另写了两篇小说,一篇是三月写成的《孔乙己》,一篇是四月写成的《药》。五四运动极盛的期中,他没有写什么文章,这是普通的现象,因为他对这巨大的民族解放运动是一定心神为之神往的,他并且直接参加《新青年》社的编辑会议,他的精神在五四运动的中枢机关直接影响之下。

《狂人日记》是用抒情的形式攻击黑暗,《孔乙己》是从黑暗中描写出一个人的形貌。

鲁迅由《狂人日记》而写《孔乙己》,就是从抒情的进而为描写的之尝试,进一步说,《孔乙己》是《狂人日记》中的那冷静描写的成分的提炼，与进一步的发展，而《药》则是这种冷静描写手法企图网罗广大世界的进一步的尝试。

狂人，孔乙己，是人类的渣滓；尤其是孔乙己，简直是将来的阿Q的伏线。……鲁迅的笔下，我们知道鲁迅的同情是全在孔乙己这边的。孔乙己是一个无害而纯真的人物。他之所以不能在社会立足，只因为他不能进学，不会营生，好喝酒，懒做事，有时不免偷人一点小东西，除此之外，他对旁人，对社会确实没有什么大害处，所以我们看得出来，就是那些在酒店里奚落他的短衣帮，对他也并没有什么恶意，甚至酒店老板对孔乙己欠的十九个铜钱也并没有表示什么愤恨。

——郑学稼《鲁迅正传》：

生在十九世纪初期的人，说不定在他的生长地中，曾看见过孔乙己，鲁迅先生的天才，把这一典型的人物，映现于二十世纪二十年代的青年的眼前，他并不是讽刺他，而是同情他，我们可以相信；读完《孔乙己》的人，曾和他的作者一样，与孔乙己表示同情。这是鲁迅先生父亲时代读书"没有进学"的文人的悲哀！

——许杰《鲁迅的〈孔乙己〉》：

鲁迅写《孔乙己》，同样的虽然也用着一个"我"字，可是，这一个"我"，我们却可以看得出来，一定不是鲁迅自己。

孔乙己本人，才是这小说的主角，而这个酒僮的"我"，却处的只是目击者的配角的地位。

第一、这小说是用侧面描写的方法，描写孔乙己的为人的。

第二、鲁迅写《孔乙己》，概括的叙述，多于刻划的描写；——因此，全文的情调，都是追述式的。

第三、鲁迅写《孔乙己》，是用节缩的方法，写出了孔乙己的一生的。

鲁迅的作品，是可以当作民主革命前夜的、成熟、溃烂、几至于崩溃却又非常冷酷、恶毒的封建社会史看的；而这篇《孔乙己》，却是给那个时候的知识分子，绘了一幅画像，而又通过这一个没落的知识分子的典型，揭穿封建社会罪恶和黑幕，当作封建的武器。——这就是《孔乙己》的主题。

——茅盾《论鲁迅的小说》：

在《呐喊》集中，幽默情调较居主要的作品似乎更胜于沉痛的作品，《孔乙己》给读者的印象更深于《明天》。

结语

回首一百年前，鲁迅的小说成为中国新文学最强烈的信号，然而在《新青年》这样一份刊物上，鲁迅在《狂人日记》之后拿出来的却是一篇《孔乙己》，作品题目非但没有更"狂"，反而还有点"老"和"旧"；小说主题非但没有更激进，反而还有点"回望"；形式上非但没有更现代、更欧化，反而还有点回到传统的意思；调性非但没有更热烈，反而还点悲凉的味道。然而这就是鲁迅，这就是他别样的姿态。这也是《新青年》的胸怀，主编者应该读出了作品背后的意蕴。在风起云涌的五四浪潮中，在革命的、进步的人群中，肯定不可能有孔乙己的身影，但对那个时代和那场革命而言，"孔乙己们"又闪现着挥之不去的面影和背影。"革命尚未成功，同志仍须努力"，这一声音正可谓从辛亥革命到五四运动的先贤们共同的感慨和强烈的要求。

2019 年 5 月 13 日

传统母题的现代书写

——从《故乡》谈鲁迅小说的现代性

那是整整一百年前,新年刚过,新春将至,时在1921年1月。鲁迅在北京,在自己亲自选定、倾力购买的八道湾十一号居所里,完成了一篇带有强烈纪实色彩的小说:《故乡》。2月8日,那天是旧历大年初一,鲁迅日记写道:"晴。春节休假。上午寄新青年社说稿一篇。"而这一"稿",就是《故乡》。三个月后,《新青年》第九卷第一号上发表了《故乡》。从那以后的一百年间,在鲁迅所有的作品当中,《故乡》是影响最为广泛持久、评价最为确定的作品之一,是百年间入选中学语文教材最稳定的鲁迅作品。目前的人民教育出版社教材系列中,小学六年级有《少年闰土》,中学九年级又有《故乡》,可见其分量之重。无论历史风云如何变幻,对鲁迅以及鲁迅的创作有怎样的评价起伏,《故乡》的超稳定地位几乎是个奇迹。哪怕中学生"最怕周树人"的怨言里,应该也不包含《故乡》。

《故乡》是一篇范文。有时候你不得不这样想,幸亏创作了《故乡》,否则,鲁迅作为一个"最会写作文的人"都会在地位上打折扣。然而,事情的另一面却是,《故乡》似乎一直在以"美文"的"样板"存在着。作为一篇范文,它可以被无数次仿写,在仿写中又一次次证明它"一直被模仿,从未被超越"的恒定地位。然而,在鲁迅研究界,在鲁迅思想研究甚至小说研究中,《故乡》的地位并没有它在阅读者心目中那么高。这个强烈的反差或许倒是重新解读《故乡》的缘由所在。

一、在影响力与研究的不平衡之间

最早对《故乡》作出评论的应该是茅盾。他以"郎损"之名，在1921年8月10日《小说月报》上发表《评四五六月的创作》一文，对《故乡》给予很高评价，认为"过去的三个月中的创作我最佩服的是鲁迅的《故乡》"；并且非常准确地把握住了《故乡》的核心主题，那就是认为作品的"中心思想是悲哀那人与人中间的不了解，隔膜"。不过，需要说明的是，茅盾这一高度评价是基于三个月中的创作而言，而且他强调了自己当时所持的创作观，即强调"到民间去"。"到民间去经验了，先造出中国的自然主义文学来。否则，现在的'新文学'创作要回到'旧路'。"正是在此标准下，茅盾肯定了《故乡》。

1923年，小说研究社出版《小说年鉴》一书。作为"年鉴"，所收小说当然应是上一年度即1922年的作品。其中收录了鲁迅的五篇小说《兔和猫》《不周山》《白光》《故乡》《鸭的喜剧》,其中唯有《故乡》是1921年的小说。"年鉴"对《故乡》的评价,直接转述了《新青年》发表时的编者话。"这是作者一篇很有名的作品,不但气氛清隽,地方色彩也非常明显。最出色的,尤其是在初见闰土一节。读了以后,觉得有一个驯良的安分的乡人,活现在眼帘前面。"

1924年,成仿吾的《〈呐喊〉的评论》一文认为,《呐喊》里,"唯《风波》与《故乡》是不可多得的作品"。在这篇总体上是否定鲁迅小说的文章里,成仿吾不但否认了其他所有作品,而且即使是《风波》,也认为"亦不外是事实的记录"。由此,《故乡》倒是成仿吾唯一没有否定过的作品了。

对《故乡》的评价从一开始就似乎不太一致。冯文炳在1924年对《呐喊》所作的专门评论中认为:"《故乡》《药》,自然也有许多人欢喜,我也不想分出等级,说这一定差些,但他们决不能引起我再读的兴趣,——意思固然更有意思了,除掉知道更有意思而外,不能使我感觉什么。"而杨邨人在《读鲁迅的〈呐喊〉》里,又给予了虽未激赏,但也较为正面的评价。

这似乎也是《故乡》从一开始就有的定位。作为一篇美文,或在描写人物,表达对故乡的感情方面,在地方性的表现上,可以给予较高评价,但作为五四新文学背景下的创作,其意义似乎就没那么大了。茅盾局限在三个月时段的创作里肯定了《故乡》,他在1923年的《读〈呐喊〉》中,重点分析了《狂人日记》和《阿Q正传》,并没有提到《故乡》。胡适在1922年《五十年来之中国文学》中认为,鲁迅"从四年前的《狂人日记》到最近的《阿Q正传》,虽然不多,差不多没有不好的",也只提到同样两篇。1924年10月,诗人朱湘在《〈呐喊〉——桌话之六》里,对《故乡》表达了赞赏:"《故乡》是我意思中的《呐喊》的压卷。我所以如此说,不仅是因为在这篇小说里鲁迅君创造出了一个不死的闰土,也是因为这篇的艺术较其他各篇胜过多多。"但他也指出了《故乡》的不足,即最后三节说理部分"不该赘入"。应该说,这是一篇有自己看法的批评。他强调,"至于作者关于希望的教训,尽可以拿去别处发表,不应该淆杂在这里"。"我个人读完了这篇小说时候的感触,即是它创造出了一个不死的中国乡人,而非关于'希望'的任何感想。"但不管怎么说,这是不多见的对《故乡》的专门评论。

后来的若干年,对《故乡》的评价当然会出现在鲁迅研究的文章著述当中,但就比例而言,莫不说比不上《狂人日记》《阿Q正传》,在专门论述和被提及频率上,《故乡》的频次应明显低于《孔乙己》《药》《风波》《祝福》,也低于《伤逝》《在酒楼上》《孤独者》。陈涌在《论鲁迅小说的现实意义》一文中认为,《故乡》"是鲁迅最被人喜爱的作品之一"。鲍昌的文章《鲁迅小说的几个美学特点》中谈到了《故乡》的艺术特点,应是关于《故乡》的有代表性的评论。但总体上,仍然略显不被重视。即使是王富仁《中国反封建思想革命的一面镜子》这样著名的著述里,在其最早发表的论文中,关于《故乡》,也只是从讨论进步知识分子的角度上谈了一下。《1913—1983鲁迅研究学术论著资料汇编》的五卷当中,只有一篇专门谈《故乡》的文章,是作家兼学者许杰的《谈〈故乡〉》。许杰认为,在艺术上,《故乡》与鲁迅其他小说最明显的区别,就是其他的作品大都是客观的现实主义,而《故乡》则是"主观的抒情的东西"。他甚至说"这篇小说与其说是小说,不如说是抒情诗还来得确当"。

《故乡》于是变成了这样一篇作品,在描写农民方面没有《阿Q正传》典型,在描写知识分子方面也没有《孔乙己》有代表性,也不像《祝福》和《明天》那样对妇女的描写更加集中。它没有《狂人日记》尖锐,还不像《风波》那样在"无事的悲剧"里触及了"当下"的革命。现代和传统的冲突没有写到极致。这么多年来,它却又是鲁迅最著名的作品之一。闰土形象、杨二嫂的模样,在公众心目中的知名度,比起阿Q、祥林嫂、孔乙己,一点也不弱。

这种现象真是既诡异又奇特,值得玩味。

二、在虚构与纪实的纠缠之间

作为一篇小说,《故乡》经常被拿来作纪实作品解读,然后又有知情者来指出其实多是虚构。虚构与纪实,于是成了《故乡》的主要争议点。这在一定程度上干扰和耽误了对作品内涵的深刻理解。其实，五四时期的小说中，无论是哪一流派，"自叙传"色彩都是十分浓厚的。把《故乡》拿去和郁达夫、冰心、郭沫若等的小说比较，已经在"自叙传"方面很克制也很隐晦的了。那一时代风潮中的小说中，留有纪实的痕迹不但不是小说的毛病，反而倒是增加小说可信度的途径。

《故乡》里的纪实，有的经过了明显的改写、掩饰，使其更符合小说性要求；也有的又刻意要强化，使其近乎"实事实录"。也就是说，艺术化处理和刻意强化兼而有之。

不妨从头梳理一下。

1. "我冒了严寒，回到相隔二千余里，别了二十余年的故乡去。"鲁迅最后一次回绍兴，是在1919年12月，目的是卖房，并将全家搬迁至北京。这一背景与《故乡》的描写基本吻合。1898年第一次离开绍兴到南京，时距正好"二十余年"。北京到绍兴一千三百公里，相隔"二千余里"也是对的。

2. "渐近故乡时"，"苍黄的天底下，远近横着几个萧索的荒村，没有一些活气"。究竟何处是故乡？周家聚居于绍兴城内。这个大家族几乎占了大半条街。据傅建祥《鲁迅作品的乡土背景》介绍，1893年时的绍兴城，仅桥梁就有二百二十九座。又据藤井省三《鲁迅的都市漫游》一书介绍，1910年时的绍兴城内，人口已达十一万。小说里也明确说闰土把来"我"家说成是"上城"。"几个萧索的荒村"，应该还不是故乡，而是"渐近故乡时"所见之景物。然而"我"却把这些景物就当成是"我""二十年来时时记得的故乡"。一方面，这是近乡情更怯所致；另一方面，目的就是要让眼前景观与天气阴晦、心境悲凉融合为一体。

3. "我这次是专为了别他而来的。""必须赶在正月初一以前，永别了熟识的老屋，而且远离了熟识的故乡，搬家到我在谋食的异地去。"鲁迅的三弟周建人是鲁迅回故乡处理事务的见证者。《鲁迅故家的败落》一书开头就写了同样的场景。小说里，"老屋难免易主"的时限是"正月初一以前"，这与周建人书中所记邻居"买主朱朗仙""最后的期限定在一九一九年底"大体相符。

4. "第二日清早晨我到了我家的门口了。瓦楞上许多枯草的断茎当风抖着,正在说明这老屋难免易主的原因。"在回乡时间上,小说里是"清早晨",周建人的记述则是"一个雨夜,大哥出现在我们的面前"。鲁迅日记也讲得明白,自12月1日至4日,先后乘坐京奉、津浦,渡扬子江,换宁沪,再换沪杭,最后乘坐越安轮,"晚抵绍兴城,即乘轿回家"。作为小说,这点虚构的权利是必须有的吧。然而强调纪实时指出这点差异,也很正常。即如那"瓦楞上许多枯草",不是"清早晨"也看不到,然而看到了,却也有引起歧义处。鲁迅的二弟周作人就曾在《鲁迅小说里的人物》中指证:"但实际上南方屋瓦只是虚垒着,不像北方用泥和灰沾住,裂缝中容得野草生根,那里所有的是瓦松,到冬天都是干萎了,不会像莎草类么的有断茎矗立着的。"这等于直接消解了小说描写的真实性。不能说周作人的追究没有道理。鲁迅《野草》里的《颓败线的颤动》,开始就写道:"眼前却有一间在深夜中紧闭的小屋的内部,但也看见屋上瓦松的茂密的森林。"不过我以为,《故乡》开头所有的描写,都是为了强调环境之凄冷、人气之凋敝、心境之悲凉。瓦楞上呈现枯草的断茎在冷风中抖动,当然比起瓦松更能强化整体氛围。

5."忙月""草灰""狗气杀"。小说在以上三个概念出现时,分别使用随文注释的方法,解释带有方言色彩的三个概念的含义。这种笔法似已超出了小说的写法,具有强化纪实性的意味。"我们这里",而不是"我们那里",居于"异地"写作却选用了"在场"的词汇。这也如同开始时"这不是我二十年来时时记得的故乡?"一样,如果用"这(难道)是我二十年来时时记得的故乡?"或许更指向疑问。然而仔细品味,"这不是"的味道更复杂。

三、在叙事、抒情、说理的分寸之间

《故乡》之所以成为中学语文教材的常客,一是"故乡"这个恒定的文学题材,二是强烈的主观抒情与故事叙述的结合。其实还有一个因素,那就是说理成分的存在。从范文的角度讲,说理自有好处,因为它方便、准确,有归纳主题的作用和启示意义。比如最后一句话:"我想:希望是本无所谓有,无所谓无的。这正如地上的路;其实地上本没有路，走的人多了，也便成了路。"这句话其实恰恰与整篇小说的调性相逆反，却一直被视为整篇《故乡》的"金句"。因为它积极、向上，特别符合我们对悲剧艺术的结局与作者意图的要求。

《故乡》在艺术上十分讲究，谋篇布局匀称。在行云流水般的叙述中，叙事、抒情、说理犬牙交错般达到"秩序化"的程度。如果小说是先叙事，再抒情，最后来两句议论的话，那就是见多不怪的大路货了。

《故乡》一上来就是抒情。但不是赞美式的激动心情，反而是在阴晦的天幕下，几个败落的荒村，惹得人心绪十分悲凉。然而作者又强调，这悲凉其实并非只是自然之景色让人失望带来的结果，而是心情本来不佳的反映。由此引出回乡卖房的缘由。然而，这样并不明亮的抒情在小说里其实只在开头出现了一次，造成抒情效果的另一因素来自故事叙述。凡是少年闰土在记忆中出现，闰土形象在大脑中浮现时，那美妙的月光下、田野里的情景描写，同时也是一种抒情性表达。这样的情景，在"我"的母亲第一次提到闰土的名字，在小说最后一段的开始，都以画面感极强的方式呈现在读者眼前。这种遥远的、不可能还原的场景，和"我"此时正面对的现实以及心情形成巨大反差，从而使这两种反向抒情制造出极其特殊的效果。

正是依靠特别的叙事方法，《故乡》里那些并不精彩，也缺少真正戏剧性冲突的故事情节，生发出格外的效果，变成了一篇故事一波三折、戏剧性变化极强的小说。如果还原故事的话，其实非常简单，曾经的儿时伙伴变成了一个被生活重担压得喘不过气来的中年男人。一个曾经在小城里吸引过众多目光的女子，如今却变得丑陋、势利、恶俗不堪。鲁迅把这点人人皆共同感知的唏嘘感慨，打碎重来，不但使线性达二十年之久的故事得以"浓缩"，更从中生发出别样的、复杂的意味。

杨二嫂与闰土作为小说人物，具有相同的和平衡性的地位。闰土两次出场，一次是母亲提及他的名字，"我"即刻幻化出埋藏在记忆深处的形象与美好的情景。这种"临时"的、"短暂"的回忆，却已经开始了闰土的故事叙述。打断这种回忆式叙事的是杨二嫂的出场，那是一种先声夺人的戏剧性出场，旋风般的到来，刻薄的语言，顺手牵羊的恶习，把小市民的势利写得淋漓尽致。在几句散文式的过渡后，紧接着是中年闰土的正式登场，那是一种令人心酸的特殊场面，也是全篇小说的中心情节。再经过一番看似随意的过渡后，又在母亲的回忆中，以"不在场"的方式，描述了杨二嫂的另外一段故事，目的是做实、强化杨二嫂的刁蛮、逐利。也就是说，闰土和杨二嫂一样，分别获得一次正式出场、一次依靠回忆和转述得到的"不在场"式的"出场"机会，而且以忆闰土、见杨二嫂、见闰土、转述杨二嫂故事的次序交错进行。从小说场景上，杨二嫂与闰土并未真正遭遇，但他们之间的冲突，分别带给"我"的复杂感受，却又是一种同时"在场"的效果。正是依靠这样的叙述法，两个没有故事的人，在小说意义上产生了很好的故事，甚至推波助澜至戏剧化程度。

"母亲"形象在小说里并不是故事的参与者，却是故事的引发者。闰土的出场是由她介绍引起的回忆，杨二嫂也是由母亲引见。当"我"和家人已经行船离开故乡后，母亲"又提起闰土来"，并且补充了"我"不知道的杨二嫂拿了"狗气杀"的过程。闰土的儿子水生，"我"的侄儿宏儿，则可能是为了表达"希望"的主题而设置的角色。

《故乡》留有明显的说理痕迹。尤其是在小说的结尾部分，希望、地上的路，高墙、隔膜，这些概念的引入以及讲述方式，确有离开故事而专门说理的印象。在专业的评论家看来，这些都是对小说本身有损伤的做法。如朱湘就指出这样做使得小说变成了"杂感体"。应该说，这种杂感式的直说是鲁迅事先地铺陈好了的，属于其小说构思中的一部分，并非信笔而来的感想。宏儿这个人物设置，从一开始就出现，中间又接应了闰土儿子水生，仿佛就是接续了儿时的"我"与少年闰土的情景。直到最后，当"我"为人心之隔膜而难过、悲凉时，两个少年的约定又让"我"对未来的希望产生真实的确认。这使得说理不但顺理成章，而且成为主题中的一部分。尽管在主体故事面前，这一主题并不占主导，但因为与中心主题密切相关，加之又有光明与理想的色彩，所以它的突出也是自然不过的事。就《故乡》而言，结尾的说理既然是从开头而来，它就并不突兀，也非枝蔓。更重要的，鲁迅应该是早就意识到了全篇氛围的营造，总体偏于阴晦、悲凉，时有悲哀、讽刺在其中，说理的调色既是需要，更可见出鲁迅创作意图上的自觉。他所要做的，就是如何使说理的亮色能更好地与故事融合到一起，而不再像《药》一样，出于"遵命文学"的需要，到结尾来一个"平添的花环"。的确，比起《药》，《故乡》的构思更显成熟。

其实，《故乡》的说理成分也非只在结尾才有。当"我"与闰土相遇，当闰土终于叫出一声"老爷"来的时候，"我似乎打了一个寒噤；我就知道，我们之间已经隔了一层可悲的厚障壁了"。这里的"厚障壁"，和结尾的"高墙"，其实都是一种说理的比喻。鲁迅在创作前对这些呼应都早已做了充分准备。就说这一声"老爷"吧，其实也是一种呼应。在此之前，回忆儿时认识闰土时，"那时我的父亲还在世，家景也好，我正是一个少爷"。从"少爷"到"老爷"，闰土的这一声称呼并不完全不合情理。

必须这样说，正是这种说理的存在，说理的积极格调，让《故乡》稳定地存在于中学语文教材里。从创作学的角度讲，这些说理与故事之间，从构思到表达，早已做了最大限度的结合，并没有在实质意义上损伤小说性。而且说理中的"希望"说,并不是对中心故事的主题做直接对冲,而是在其基础上所做的延展,当然是反向的延展。这一点,我以为鲁迅创作时有清晰的自觉意识。

四、在故乡及人的变与不变之间

鲁迅在《中国新文学大系·小说二集序》里曾说过,蹇先艾等"凡在北京用笔写出他的胸臆来的人们,无论他自称为用主观或客观,其实往往是乡土文学,从北京这方面说,则是侨寓文学的作者"。许钦文的第一个小说集命名为《故乡》,是因为作者本人早已"被故乡所放逐,生活驱逐他到异地去了"。这些说法在一定程度上也可以视作鲁迅的自况。《故乡》的创作差不多也是出于这样的背景和缘由。从1898年决定"走异路,逃异地,去寻求别样的人们"开始,鲁迅在其间也回过数次故乡,最长还在1910年时在那里任教职达一年时间。然而在鲁迅心中,早已把自己当成一个"生活驱逐到异地去"的游子。虽然北京在"一九二〇至二二年这三年间,倒显着寂寞荒凉的古战场的情景"（鲁迅《中国新文学大系·小说二集序》），但故乡从来就没有过自己的梦想。那里的一切，在变与不变间，在他的内心产生了太多复杂的情绪，但若说是眷恋，可能是恰恰最没有的。他和五四时期的其他作家一样，作品中"也只见隐现着乡愁，很难有异域情调来开拓读者的心胸，或者眩（炫）耀他的眼界"。

鲁迅比其他五四运动作家更彻底，他不是侨寓在城市而回味故乡。他是向故乡来告别的。从 1919 年这次举家离开，鲁迅再也没有回过故乡。《故乡》于是成了他向故乡发出的诀别书。通常我们认为，鲁迅写了二十年间故乡及故乡人的改变。而我以为，也许我们更应该看到，"不变"才是最让鲁迅揪心和悲哀的。一开始写了"几个萧索的荒村"，也说了"我的故乡全不如此"的疑惑。然而我们还应注意到，"故乡本也如此"的不变，或许才是鲁迅真正要表达的。这也就不难理解，中间的那句抒情为什么是"阿！这不是我二十年来时时记得的故乡？"而不是"这是我——"。后者才是真正的否定式疑问，前者含有"本也如此"的确认。

人物方面，闰土的一声"老爷"让期望中的亲切化为乌有。这是因为闰土变了，从外形到内心都变得让人不敢相认。但我们也要注意到，"我"从前是"少爷"，今日是"老爷"，闰土的姿态其实没有变。就像闰土自己说的，小时候无拘无束，"那时是孩子，不懂事"。阶级之分从来没有改变过。其实闰土的今天和昨天，就像相隔二十年之久的故乡一样，"本也如此"。改变的只是我们的"心绪"。

杨二嫂的改变比闰土要更明显。作者的鄙夷态度也更鲜明。从"豆腐西施"到"圆规"似的腿脚，的确变得吓人。然而鲁迅的笔调间其实也在暗示着不变。"西施"时"颧骨没有这么高"，那是因为那时"擦着白粉"；当年不记得"圆规式的姿势"，是因为她"终日坐着"，并未见得就好到哪里去。今天所见的杨二嫂，不过是完全放弃了装扮，不再以"西施"自居，是一种自然而然的可悲。如果故乡果真是从前美好，今日破败，如果从前的故乡人都是跟少年闰土一样活泼可亲的话，那当年的"走异路，逃异地，去寻求别样的人们"就是不可能发生的事了。

鲁迅当然是对自己故乡怀着深厚感情的，在三年后的散文诗《好的故事》里，对故乡的自然之美做了梦幻般的描述。但面对现实中的人，则又是另一番感情和态度。即使是改变，也是可想而知的必然，这也是一种"不变"，这才是让人莫名难过的。正像结尾时所说，"我"和闰土，在一定程度上也是一样的。都是辛苦生活，区别只是一个辛苦恣睢，一个辛苦麻木。希望也一样是"手制的偶像"，差异"只是他的愿望切近，我的愿望茫远罢了"。少年鲁迅在故乡时，所遇见、所经历的，家中的长辈、衍太太、长妈妈、治死自己父亲的庸医，等等，都是让他决计要出走的原因。闰土、杨二嫂，在其中并不突出，不过是最平庸的角色。

生活改变人，这是规律，也是必然。然而不同的时势，又会造成不同的改变。即如闰土，他生不逢时，生活在"多子，饥荒，苛税，兵，匪，官，绅"横行的时代，"苦得他像一个木偶人了"。这正是《故乡》的批判性所在。杨二嫂呢，虽然粗俗刻薄让人惊讶，但仍然守着一些可笑的"行为规则"。比如她连偷带拿地来占便宜，每次都要为自己的占有找个理由，先是说"我"阔了，后是认为自己揭发闰土有功，仿佛因此理由十足、理所当然似的。小说早有交代，那些木器，虽然小半卖去了，但"收不起钱来"。卖和送，和弃之本来也都差不多的。可见杨二嫂这人，固然恶俗，但也并非恶人。

《故乡》写了两个闰土，两个杨二嫂，在极致的意义上讲，终究也都是一个。他们自己并不感到分裂的痛苦。生活的重压是一点一滴地加到他们身上的。"辛苦麻木"是他们不变的本质。

直到最后，小说并没有把希望说成神话。"我"和闰土的希望之间，切近的可笑，有意义的渺茫。但为了"救救孩子"，必须相信未来；为了未来，必须再一次平添上一个花环：希望。"这正如地上的路；其实地上本没有路，走的人多了，也便成了路。"要相信"无中生有"，要相信在"无"中追逐"有"的力量。

最后还要补白一下。从纪实的角度讲，鲁迅回故乡搬家时，的确丢失了不少东西，其中还有价值连城之物。但这些大盗绝不是顺个手套、拿个"狗气杀"还要找理由的杨二嫂，也不是把几个不用的旧碗碟装在草灰里的闰土。而是自己的家族中貌似颇有身份的人。周建人《鲁迅故家的败落》记述，他们的姨表弟车耕南曾经在搬家时来访，且惊讶于周家墙上居然挂着赵孟𫖯的画。周建人问："画得好吗？"车耕南回答："现在已是无价之宝啊！"第二天清早，周建人发现那幅画不见了。鲁迅"只淡然笑了笑"，母亲也一样"什么也没有说"。鲁迅写杨二嫂的那点贪图，实在也是含着"哀其不幸，怒其不争"的态度。

这就是《故乡》，它破解了中国文学传统中的一个千年母题：故乡。比起恒定不变的游子心态、思归情结，鲁迅写出了一个回不去的故乡，回去也索然，变与不变都让人无奈，告别了也"并不感到怎样的留恋"的故乡。这是现代小说在起点上发生的转折，也是从未有过的高度。它也回应了"当下"的社会在变与不变中带来的悲剧与无奈。纵然，固化的不变让人麻木，而苛税、兵匪等带来的改变让其更加不幸。闰土的未来，杨二嫂的今后，更让人担忧。

破千年之题，解一时之忧，《故乡》的指向相当深远。繁复的结构，跳跃的故事，真切的抒情，密接的说理，让这一短篇小说幻化出百般色彩。说不尽，道不完，却又不失其恬淡的、平和的、素净的情致。它以看得见、说不完的模样，吸引着一代又一代的读者。

2021 年 3 月 20 日

"消尽了先前悲哀的神色"

——写在《祝福》问世100周年之际

2024年,鲁迅小说《祝福》创作与发表100周年。从年初开始,就不断地读到相关的纪念、评述、研究文章,多有启发,时生感佩。但在感佩之余,也难免有一点自己的想法,总觉得还有话可说,虽然那也不过像是过年的鞭炮一样，添加一点气氛而已，并没有多少独特的响声。读经典并且谈经典，真的有点像过年，都是在看别人如何欢乐，并且自己也想加入其中欢乐一番。多一个不多，少一个不少，也因此就很踏实地去参与了。

《祝福》是鲁迅在1924年2月7日完成的小说，那一天正是大年初三，完全是在旧年的氛围之中。但没有人认为这是一篇应景之作，小说制造的气氛，表达的主题，完全与节日氛围相背反。一百年来，关于《祝福》有太多的评述，而且很多到如今仍然存在着争议。举个最简单的例证吧，关于祥林嫂因何而死，就讨论了至少80年而莫衷一是。我要终结这结论，给出这谜底么？当然不可能，做不到。自以为做到了，别人也不会信。

那么，关于《祝福》，还能说些什么呢？我现在写作，为了支持自己能写下去，总会先设计一个假想读者，假设我就是想跟他/她对谈，说出我的想法。而这个假想读者，在我谈《祝福》时，对方就应该是一个写小说的人，我想谈一谈，从创作学的角度阅读并且思考《祝福》，会对我们今天的小说写作者有哪些启示。就我个人而言，倘能在这些方面哪怕发挥一点启发性作用，也比自认为在学术上得出什么新结论要重要得多。

一、悬置的小说标题

可说的太多。我先从小处说起，从标题说起。《祝福》写的是一出悲剧，一个人一生的悲剧是如何开始又如何结束的，虽不是从生开始，却是到死结束，这正是其彻底的悲剧性所在。然而朋友，你想过没有，这小说可是名为"祝福"，而且就是在过年的节日气氛中写成的。小说标题与正文之间，形成了背反，或者说，在正文强大的叙述下，小说标题逐渐成为悬置。这种标题的悬置，可以看作鲁迅小说比较多见的一种做法，甚至就是一种为小说起标题时的技巧。《狂人日记》里的"我"是怎样的狂人？一个迫害狂患者，一个在惊恐中小心翼翼活着的人，跟我们通常认为的某个领域的如"足球狂人""音乐狂人"相去甚远。《药》所写的恰恰不是"药"，把"人血馒头"当作"药"，是一种个人愚昧，也是一种集体悲哀。《明天》写的都是暗夜的故事，等待单四嫂子的明天，是完全的绝望。"只有暗夜想要为变成明天"而"奔波"。《风波》是典型的"无事的悲剧"，虚惊一场的"风波"多少有点双重闹剧的味道。《幸福的家庭》里的幸福是一种讽刺式想象。《肥皂》里的肥皂几乎是一个虚拟的说辞，然而即使虚拟也足够讽刺。《离婚》的结局是没有离婚，离婚只是一个人的一时冲动而已。

但所有的悬置都没有《祝福》这么彻底，这么具有强烈的对比性。在全鲁镇以及无数个鲁镇连接成的世界欢度旧历新年的浓烈氛围中，一个目不识丁的"老妇人"祥林嫂悲惨地死了。对于她的死亡，有两种评价。和她同一个阶层的"短工"说，她是"穷死的"。那意思是，命该如此，怨不得别人，甚至也怨不得命。已经辞退她的鲁四老爷听到她死亡的消息，却愤愤地说："不早不迟，偏偏要在这时候，——这就可见是一个谬种！"用一个人的死亡去破坏一群人的好心情，甚至还有可能暗含着某种不好的预兆，"这就可见是一个谬种！"

在祝福的喧嚣声中悲苦地死去，这种强烈的对比，以及这种死亡带来的不同的反应，是那样让人寒彻。这种悬置所形成的强烈对比，悲凉中所包含的某种讽刺味道，再一次体现了鲁迅在小说标题上的独特用心。

这里还有一个小的细节需要说明。在周作人看来，按照绍兴当地习俗，鲁迅所写的"祝福"从原初的含义讲，或是"作福"。他说："祝福的名称因了祥林嫂的故事而流通于中国全国了，但是在年底有这祝福的风俗的地方可能很不少，不过通用这祝福的名称的恐怕就不很多了吧，《越谚》卷中风俗部下云'作福'，注云，'岁暮谢年祭神祖名此，开春致祭曰作春福'。"（《鲁迅的故家》第176页）他还在另外的文章里谈道："因为这'祝福'二字乃是方言，与普通国语里所用的意思迥不相同"，"在乡下口语里这的确读如'作福'，音如桌子之'桌'，文人或写作'祝福'，虽然比较文从字顺，但'祝'读如'竹'，读音上实在很不一致的"。（《鲁迅小说里的人物》第189页）

如此说来，鲁迅是刻意要把"作福"的忙乱"务实"改成"祝福"的喜庆"务虚"了。因为这样达成两个目的，即可以起到两个效果。一是"祝福"更具通行性，天南地北的读者都可以迅速理解其意；二是比起"作福","祝福"更具对比性和背反意味。这种刻意"修改"既是一种文字妥协，又是一种主题需要的选择。这让我想起一个情节。4月中旬在上海，我参与一场文学对话。作家孙甘露说，《千里江山图》里涉及"报纸"一词时，如果按照当时（20世纪30年代）的沪语方言，应该叫"申报纸"（因为《申报》太有名了）。但这样书写，不加注释的话就难以让人理解，可是不加"申"字又不能准确还原当时人们的特别表达。最终，考虑到读者的接受和不作注释的前提，就妥协为用"报纸"一词。四川作家颜歌在一次访谈中也谈到同样话题，一句当地人的口头语，她写作"祸什污"，而乡友则指出应该写作"何首乌"。但考虑到词语里有"闯祸"的含义，加之方言区以外读者的认知可能，作者坚持了自己的写法。不加注释，方言区之外的读者可能看不明白，加注释又不是作者所愿，最终也一样选择了中和的做法。

  当然，关于"祝福"这个标题，还可以有深究之处。不要因为"务虚"而忘了它也有"务实"的本意，这本意追究下去实在也是一种"务虚"，而且更加强烈。日本学者代田智明就说过:"祝福是鲁迅的故乡绍兴地方的习俗,即过年时举行的'祈祷好运'的祭祀仪式。日语里的题目按照汉语原样,虽然其微妙味道的方向性并没有弄错,但有点容易招致误解。英文题目是'*New Year Sacrifice*'(过年的牺牲)。这与例如'牺牲为群众祈福,祀了神道之后,群众就分了他的肉,散胙'这种作者自己的说法也对应,并且很相称。因为进一步说,我认为祥林嫂就是人们迎接新年的牺牲的事实与一定要看清这个事实的作者的紧张关系,也在这里得以反映。"(《上海鲁迅研究》2013年夏卷第163页)集中以上不同引文的观点,可以认为,"祝福"潜在的语义指向是"牺牲",是指祥林嫂的命运与"无限的幸福"的人们之间的紧张关系。如果标题是"作福",可能就更接近这个含义。现在呈现的"祝福",第一当然更容易为读者直接理解,第二也不失悲喜的强烈对比和作者暗含的讽刺的意味。

关于标题已经说了不少,希望它们被认为是有必要的。

二、"穷死"在别人"无限的幸福"中

鲁迅的表达总是那样特别。他的小说用的是文学语言而非直白的表述，你也许觉得它们不够规范，却又分明能感受到那种别致和精妙，让人随时产生无尽的联想。《野草·秋夜》里的"两株枣树"说引发了无穷的、欢乐的解读。《祝福》又何尝不是呢？开头的第一句是，"旧历的年底毕竟最像年底"，这是怎么说的？可是它却分明"不及物"地把一种我们记忆中的情景写出来了。"村镇上不必说，就在天空中也显出将到新年的气象来。灰白色的沉重的晚云中间时时发出闪光，接着一声钝响，是送灶的爆竹；近处燃放的可就更强烈了，震耳的大音还没有息，空气里已经散满了幽微的火药香。"除夕未到的时节，天空里偶尔可见可听的炮响，不正是这样营造着重大节日即将到来的氛围么？近处的"火药香"则更将这种气氛送到人的身体里。

描写完天上的情景后，小说的第二段开始描写地上的景观。大家都"一律忙"，"都在准备着'祝福'"。杀鸡、

宰鹅、买猪肉，不亦乐乎。

所有这些描写都制造出一种浓烈的节日氛围。小说的开头以炮仗声开始，结尾也是以炮仗声结束，而且更加具有代入感，全都使"我"在听到的同时又有所感悟了。

"我给那些因为在近旁而极响的爆竹声惊醒，看见豆一般大的黄色的灯火光，接着又听得毕毕剥剥的鞭炮，是四叔家正在'祝福'了；知道已是五更将近时候。我在蒙胧中，又隐约听到远处的爆竹声联绵不断，似乎合成一天音响的浓云，夹着团团飞舞的雪花，拥抱了全市镇。我在这繁响的拥抱中，也懒散而且舒适，从白天以至初夜的疑虑，全给祝福的空气一扫而空了，只觉得天地圣众歆享了牲醴和香烟，都醉醺醺的在空中蹒跚，豫备给鲁镇的人们以无限的幸福。"

我们先不说这最后一节描述多了"我"的五味杂陈，单就描写而言，祥林嫂的故事就是完完全全包裹在这样的节日氛围中进行的。这无疑是一种强烈的也是刻意的对比。在鲁镇的人们享受"无限的幸福"的时刻，一个没有名字的妇人"穷死了"。她的死本是轻于鸿毛的意外，但因为不合时宜，所以变得很重，因为这死亡破坏了鲁四老爷过年的好心情，让他不得不骂死者为"谬种"。

无论如何，过年的气氛，爆竹也罢，牲醴也罢，都是祥林嫂听闻得到、触摸得着的。她渴望加入这样的祝福队伍中，而且的确也曾经有机会成为为此而忙碌的一员。然而她最终被抛弃而出，即使想为别人的祝福添加一点力的机会也被无情剥夺了。她成了无福可祝的人，一个彻底的孤独者。作为一个目不识丁的村妇，祥林嫂却在临死之前向"我"，也是向这个世界提出了一个巨大的疑问。这就是魂灵的有无，以及命运在死后的延续可能。

裹挟在祥林嫂故事中的还不只是过年这一响动很大、景观很多的节日气氛。另一种氛围也一样包裹在她的周围。这是一个祥林嫂完全无知的世界，然而它们却以某种无形的力量牵制着所有的人。人人都需要在这些规约下行事，凡不符合其铁律的，一律应被视为"谬种"。这是一种无言的、无形的存在。鲁迅应该是刻意地营造了这样一个环境，到处都是理学，无处没有儒家。这种看似文化的东西，究竟是什么呢？对一个平凡不过的人而言，它们又意味着什么？意味深长。

小说第一段这样描写自己借寓其间的主人鲁四老爷：他"是我的本家，比我长一辈，应该称之曰'四叔'，是一个讲理学的老监生"。小说并没有描写鲁四老爷哪怕或胖或瘦的形象，倒是鲁四老爷在"说我'胖了'之后即大骂其新党"。这就导致"我"虽是借住的客人，但也深感"谈话是总不投机的了"，心绪因此刚来就处于不安宁的状态中。小说的第二段又描写了鲁四老爷书房的情景。这是在雪天的暗光之下，"我"借寓其中的书房情景。"极分明的显出壁上挂着的朱拓的大'壽'字，陈抟老祖写的；一边的对联已经脱落，松松的卷了放在长桌上，一边的还在，道是'事理通达心气和平'。我又无聊赖的到窗下的案头去一翻，只见一堆似乎未必完全的《康熙字典》，一部《近思录集注》和一部《四书衬》。"理学的味道扑面而来。陈抟不过是落榜后修道的隐士，《康熙字典》《四书衬》是可以追溯远古的工具书。尤其是另外两条，一是《近思录》，一部理学入门书，一是半句联语"事理通达心气和平"，浓浓的尊崇味道，活画出鲁四老爷的"美学趣味"和读书取向。"事理通达心气和平"的上半联应该是"品节详明德性坚定",语出理学师祖朱熹。

要说"我"也是一个读书人,住进了书房而且还如此书香浓郁,岂不快哉。然而,环境却与愿违,这描写完书房情景后,鲁迅用这样一句话收束了这一段:"无论如何,我明天决计要走了。"前面的描写应该推导不出这最后一句的结论。因为除了吃喝准备、雪天景象,就是这书房景观了,怎么年未过就要走,而且是"决计要走"呢?接下来的第三段是这样起头的:"况且,一想到昨天遇见祥林嫂的事,也就使我不能安住。"是的,祥林嫂是让"我"的走到了"决计"地步的原因,而且要走本身却应该在遇见祥林嫂之前就已决定。如果说第一段是以话不投机作结,那么第二段就更加确定,虽然都是文化人,但趣味完全不同甚至背反,简直称得上是严重的"文化冲突"了。

但这不是一篇写"我"的小说,小说的主人公毫无疑问是祥林嫂。应该说,书房的景致是小说为祥林嫂故事的展开铺设的第二层氛围。绞杀祥林嫂的无形之手,既是过年的"无限的幸福",也是甚至更是无处不在的精神束缚。

小说就是这样把一个完全懵懂中活着的人推向了她自己并不了然的悲剧当中。你说祥林嫂是因为丈夫死了,儿子又死了,所以万念俱灰于是赴死而去的么?其实,祥林嫂更是被一种文化理念吓死的。这种文化有一部分直接来自与宗教有关的说法。"一个人死了之后,究竟有没有魂灵的?"祥林嫂这个疑问果然无人能准确回答,紧接是地狱的有无,以及如果魂灵和地狱皆具,死去的亲人是否会相聚。

这是直逼灵魂的问题,然而导致祥林嫂赴死更直接的导火索是,虽然她的两个丈夫都是非她原因而死的,她却要因为他们的死而负罪。这就是柳妈的言论,她会因为两个死去的丈夫在阴间夺她,连阎王都没有办法,只能把她锯成两半分送。罪名的解决之道也是柳妈教她的,这就是地庙里捐一条门槛,让"千人踏,万人跨",唯其如此,方可"赎了这一世的罪名"。然而,我们不能说柳妈是杀人凶手。柳妈自己也一定是出于同样的惊恐才这样诉说的。设若柳妈遇到祥林嫂这样的致命难题,她会怎么解决?一定是相同的:捐门槛。

从理学到礼教,从宗教到迷信,从同情到恐吓,祥林嫂就死于这样的律令之下，死于维护这种律令的言辞当中。祥林嫂的命看似微不足道，她的死却映照出《狂人日记》里所见的四千年历史。

三、结构：本不是悲剧"主场"的鲁镇

理解《祝福》的思想和艺术，必须先从了解小说的结构入手。如果说结构属于形式，而形式服务内容的同时也在一定程度上决定着内容，《祝福》就是很能说明问题的例证。祥林嫂的命运是万千妇女命运的缩影，并不鲜见；祥林嫂的故事是五四早期不少作家描写叙述的对象，也一样并不鲜见。五四早期有一种小说叫"问题小说"，专揭社会问题，当然也表达个人心灵苦闷问题。不管是哪一种吧，它们的共同特点，鲁迅后来在《中国新文学大系·小说二集序》里已经讲得很清楚了，一方面认可它们是为人生的创作，另一方面又指出："自然，技术是幼稚的，往往留存着旧小说上的写法和语调；而且平铺直叙，一泻无余；或者过于巧合，在一刹时中，在一个人上，会聚集了一切

难堪的不幸。"

《祝福》因何而独特？直观地说是结构。"技术"绝不幼稚，结构更是力避平铺直叙，显示出现代性的成熟。

首先，祥林嫂的小说故事只出现在鲁镇上，别的地方，无论是卫家山还是偏僻的深山野墺里，都不是小说故事的场景。然而，祥林嫂两次出嫁、丧夫、丧子的故事都没有发生在鲁镇。导致一个女人悲惨命运的事情都发生在故事场景之外，而小说聚焦的鲁镇可以说就是这些悲惨故事的后续灾害的发酵地，是这些故事的评论场，当然，也是致祥林嫂命运最后一击的发生地。卫家山、贺家墺、鲁镇，哪个才是致祥林嫂死亡的悲剧主场？鲁迅将故事放到鲁镇究竟有何意图，以及达到了怎样的效果？小说结构使得所有这些因素变得纠缠，因而也含义多重。

从祥林嫂命运轨迹看，小说的结构次序是这样的：我们可以把小说分切为上下两个半篇。上半篇：祥林嫂临死前在街上行走而与"我"相遇；祥林嫂死去的消息传到"我"这里；祥林嫂初到鲁镇的概况；祥林嫂被婆家抓走；祥林嫂被强迫改嫁的故事转述。下半篇：祥林嫂再次出现在鲁镇，出现在鲁四老爷家里；自述自己最不幸的遭遇；祥林嫂因为有了更悲惨的故事而在鲁镇街头成为被"热议"的人物；柳妈与祥林嫂的对话；祥林嫂再次成为街上的热点话题；捐门槛以及捐了门槛也无效的悲惨结局；成为乞丐。

比起"平铺直叙"，这样的结构可要复杂得多，而且很难理出故事的次序。发生变故以及变故产生的回响本身就处于互相纠缠的状态。因为小说里有一个叙述视角"我"的存在，祥林嫂的故事，那些直接导致她命运改变的事件，基本上都是转述而出的，甚至是转述的转述而出。转述的过程，是一个间接的、片段的、碎片式的故事推出过程，具有一定程度上的无序性；而且因为是转述，是听闻，所以故事无论完整还是片段，都在讲述的过程中带上了评价的色彩。《祝福》就变成了这样一篇小说，没有完整的故事，只有对故事的评价，没有故事本身的次第出场，只有故事的不断回响在发生。祥林嫂的死是一条新闻："好容易待到晚饭前他们的短工来冲茶，我才得了打听消息的机会。"祥林嫂被婆家绑走是一条新闻："看见的人报告说，……"祥林嫂改嫁后的情形，也是一条新闻："她们问答之间，自然就谈到祥林嫂。"祥林嫂丧夫失子的命运还是一条新闻，由卫老婆子、祥林嫂合力完成："而且仍然是卫老婆子领着，显出慈悲模样，絮絮的对四婶说""祥林嫂抬起她没有神采的眼睛来，接着说"。我们说这些故事因转述而有了评价色彩，那是小说最为着力的地方，鲁镇的人如何带着评价的口吻和祥林嫂交谈就不必说了，连祥林嫂自己都是从"评论"开始讲述事件的。"我真傻，真的"即是这种"评论"的起头。

这几乎就是一篇评论故事的故事。当祥林嫂向街上的人们讲述阿毛之死这个最惨的故事时，那些错过的人甚至要去"补课"。"有些老女人没有在街头听到她的话，便特意寻来，要听她这一段悲惨的故事。直到她说到呜咽，她们也就一齐流下那停在眼角上的眼泪，叹息一番，满足的去了，一面还纷纷的评论着。"

"纷纷的评论着"，这是祥林嫂被聚焦的场面，也是最终绞杀她的利器。

当小说以这样的结构法把故事打乱，然后又以各种"评论"的方式重新编织、重新铺排的时候，小说的现代性品质就得以充分体现了。再加上"我"眼睛过滤和"我"对"评论的评论",这故事的染色就变得异常复杂,无法归结,却带给人无限的遐想。

《祝福》后来被改编成同名电影,毫无疑问,已经是鲁迅小说改编里最成功的案例了。编剧是著名剧作家夏衍。但我们不得不说,作为另一种艺术形式,电影只有通过把祥林嫂的故事重新打开,按照时序"二次创作"。这样做事出无奈,但肯定丢失了小说原来所具有的多重意味。对此,已有不少中外学者有过评述。

小说结构的另一个特点,是变与不变的对比。小说第一段有对鲁四老爷的描写:"他比先前并没有什么大改变,单是老了些。"第二段有对更多"本家和朋友"的概述:"他们也都没有什么大改变,单是老了些。"到了第三段,就突出了祥林嫂的"巨变":"我这回在鲁镇所见的人们中,改变之大,可以说无过于她的了。"小说对祥林嫂的肖像描写有三处,鲁迅突出要写的正是这种巨大的改变。第一次是祥林嫂初到鲁镇。"头上扎着白头绳,乌裙,蓝夹袄,月白背心,年纪大约二十六七,脸色青黄,但两颊却还是红的。"第二次是再回鲁镇。"她仍然头上扎着白头绳,乌裙,蓝夹袄,月白背心,脸色青黄,只是两颊上已经消失了血色,顺着眼,眼角上带些泪痕,眼光也没有先前那样精神了。"第三次是"我"与她在街头相遇。"五年前的花白的头发,即今已经全白,全不像四十上下的人;脸上瘦削不堪,黄中带黑,而且消尽了先前悲哀的神色,仿佛是木刻似的;只有那眼珠间或一轮,还可以表示她是一个活物。她一手提着竹篮,内中一个破碗,空的;一手拄着一支比她更长的竹竿,下端开了裂:她分明已经纯乎是一个乞丐了。"

三次形象变化,其实就是命运改变的最直接写照。《祝福》里处处是对比式的描写。这种对比又多是在"不变"中寻找出"变"来,突显出"变"的尖锐和致命。小说两处写到"我明天决计要走了",地方都是在鲁四老爷的书房里,原因却各有不同,第一次是因为想到"昨天"遇见了祥林嫂而想逃离;第二次是想到"明天"可以进城去吃"鱼翅"而自下决心。小说对祥林嫂的死没有直接描写,只写了各种人对她死的评价。鲁四老爷是"谬种"之骂,短工则不敢说死，而是说"老了"，"我"却在听到他说"老了"之后，仍然使用"死了"来评价。而死因，和祥林嫂同一阶层的短工更愿意说是"穷死的"。

还有更大的对比。祥林嫂在街头诉说阿毛惨剧时的话语其实并没有改变，改变的是鲁镇的人们前后不同的反应。从开始的陪泪到后来的被厌弃，同一故事产生相反的效果。从开始的有人"特意寻来"听，到后来的避之不及，祥林嫂的生命正是在这样的对比式"评论"中被终结的。这是一个心灵被粉碎、精神被绞杀的过程。当祥林嫂连动一下筷子的权利都不再拥有，连"做稳了奴隶"的机会都完全丧失后，她的生命已然失去了哪怕丝毫意义。小说里有一句并没有引起特别关注的话，那就是当"我"在街头与祥林嫂相遇时，特别写到她的脸上"消尽了先前悲哀的神色"。之前还有悲哀写在脸上，如今却连这种悲哀的神色也不再有了，彻底的绝望，彻底的绝境，这样的对比，也只有鲁迅可以观察到，写得出吧。

《祝福》就这样逐渐打开了祥林嫂的人生世界。让悲惨的人生故事变成了悲壮的命运交响，让苟活者的人生变成了魂灵之有无的拷问，让一个人的"穷死"现实与一群人对"无限的幸福"的奢望形成对比，让一个人在书房里的疑惑裹挟在无边的祝福声中一起激荡和回响。

如果说结构被划归于小说形式的话，在一定程度上可以说，《祝福》就是一篇形式决定了内容的小说。

四、砖塔胡同：特殊的写作背景

鲁迅是这样一位作家，对他生平研究的深广度及详尽度，完全可以等同于对其作品的研究。这简直就是绝无仅有的现象。于是研究和评说鲁迅作品，就不可能脱离一个重要的前提，即鲁迅写作这一作品时所处的时代背景、生活环境，他正在此时的心境，他当时的身体状况，他正在交往的人、正在处理的事，以及其他种种有可能在阐释其作品时有用的细节。有的细枝末节可能有强行阐释的嫌疑，而有些特别的背景，的确是考察作品成因时必须要关联的。对《祝福》而言，这个特殊的背景无过于迁居砖塔胡同这一特别的写作环境了。

1923年,对鲁迅而言是最为难过甚至难堪的一年。生活的秩序完全变得混乱,最关键的,心境也跌落到最低谷。鲁迅与周作人的兄弟失和,发生在这一年。直接的后果,是鲁迅不能在自己4年前买定的八道湾11号安居,只能以极快的速度迁出,他选择了到砖塔胡同61号暂住,其间又四处寻找新的安居之所,并于年底即12月2日靠借来的钱买下了西三条21号。不说心情,仅仅就生活琐事的应对而言,对鲁迅这样一位读书人、知识分子、公务员,繁难、繁杂之多是可以想见的。

没有一张安静的书桌,又怎能有心境来写作呢?说到心境,那可能是彻骨之寒的时刻了。1923年7月14日,鲁迅日记有记:"是夜始改在自室吃饭,自具一肴,此可记也。"19日又记:"上午启孟自持信来,后邀欲问之,不至。下午雨。"兄弟失和已经到了无可挽回的地步。事情发生得突然,严重程度更是吓人。鲁迅后来有笔名为"宴之敖者",其意就是:"宴从宀(家),从日,从女;敖从出,从放;我是被家里的日本女人逐出的。"(许广平《欣慰的纪念·略谈鲁迅先生的笔名》)

差不多也就是彻底决裂后的两周时间，鲁迅于8月2日就迅速迁往砖塔胡同61号居住。这间屋子是经由乡友、学生许钦文、许羡苏兄妹帮忙联系落实的。这个院子里当时住着同是绍兴乡友的俞氏三姐妹。北屋的三间却处于闲置状态。鲁迅的母亲时而来这里做客，对此是有所知的。这样就有了十几天时间即搬入此间的结果。一直到次年5月迁入重新买定的西三条21号，鲁迅在砖塔胡同居住了9个月时间。本来是一家人在八道湾聚首，有母亲，有朱安，还有二弟周作人一家。不说其乐融融吧，也是可以时有安逸之想的。然而刚刚过了三年多时间，又必须面临如此破碎的局面。鲁迅是带着朱安一起居住到砖塔胡同的，母亲只是在周末或节日时来探望，生活上仍然以八道湾为主。

这是一种怎样的生活？鲁迅迁入砖塔胡同前，曾经有过重新安排朱安去向的打算。据邻居小朋友俞芳后来回忆，"她（指朱安）告诉我，大先生要搬离八道湾前，曾向她说自己决定搬到砖塔胡同暂住，并问大师母的打算，留在八道湾，还是回绍兴朱家？又说如果回绍兴，他将按月寄钱供应她的生活。大师母接着对我说：'我想了一想回答他，八道湾我不能住，因为你搬出去，娘娘（太师母）迟早也要跟你去的，我独个人跟着叔婶侄儿侄女过，算什么呢？再说婶婶是日本人，话都听不懂，日子不好过呵。绍兴朱家我也不想去。你搬到砖塔胡同，横竖总要人替你烧饭、缝补、洗衣、扫地的，这些事我可以做，我想和你一起搬出去。……就这样，大先生带我来了。'"而俞芳对此的判断是，因此不但可见朱安是"很有主见的人"，而且，"当时大师母的唯一希望是拽着大先生，和她一起做封建婚姻的牺牲者"（《记忆中的鲁迅》第159页，开明出版社）。

身居砖塔胡同，鲁迅的悲伤和迷茫可以想见。鲁迅的三弟周建人说："住在砖塔胡同的时候，也是鲁迅生活最困难的时期。"（俞芳、蒋淑《记忆中的鲁迅·序》）把这一时期鲁迅的处境说成是凄苦，并不为过。然而就是在这样的境遇中，鲁迅除了看房、借钱、买房，生病、看病之外，还"带病给北京大学，北京高师（后来的师大），北京女高师（后来的女师大）以及世界语学校讲课，奔波于东西城之间；他带病写文章，常常彻夜不眠；……"（周建人语，同上文）说到写作，砖塔胡同期间的鲁迅，仅小说就完成了4篇，先后是《祝福》《在酒楼上》《幸福的家庭》《肥皂》。而《祝福》，无疑是其中最具经典性的小说。

五、旧历新年："殊无换岁之感"与写作

《祝福》是以旧历新年这一中国人最大节日为背景而成的小说。说到过年，无论以鲁迅个人的性情，加上有了家室后的生活状态，他都可以说是最怕过年的人。他在1924年2月所过的新年，又可以说是他一生中最为难过甚至难堪的新年。他必须以别的什么事务填充时间，以哪怕自己未必相信的所为，来抵抗心底巨大的虚无的空洞。《祝福》完成于2月7日，这一天正是大年初三，还是节日的高潮时期，而鲁迅，可以说就是通过夜以继日的写作，来寻求这普天同庆的气氛中内心悲苦的排遣。

对此判断我是深信不疑的。

作为一个孤独的人，一个悲苦的现世者，鲁迅对节日这件事是异常敏感的。越是节日高潮时期，他的写作越投入，正是这敏感点的证明。就在春节这样的节日氛围里，鲁迅不但在大年初三完成了《祝福》，而且在九天之后的16日，也就是初十刚过，又写成另一篇小说《在酒楼上》。你道这"酒楼上"的情景是奢华与陶醉么？恰恰相反，是彻底的孤独和迷茫占据人物的内心，而小说的情境，又给人传递着彻骨的阴郁和寒冷。小说里的吕纬甫有没有鲁迅自我的"画像"不敢说，但吕纬甫的迷茫应该是鲁迅自己此时也正有的。

"那么，你以后豫备怎么办呢？"
"以后？——我不知道。你看我们那时豫想的事可有一件如意？我现在什么也不知道，连明天怎样也不知道，连后一分……"

不知道为什么，我觉得吕纬甫的愤懑与迷惘，总让人联想到鲁迅落笔时的心境。

加上18日写的《幸福的家庭》，不出元宵节，鲁迅在砖塔胡同这个特殊的春节里就已完成了3篇小说。只有《肥皂》是落笔于"三月二二日"。

鲁迅对节日的敏感体现在《祝福》的每一个片段里。这种敏感又以格格不入为主要特征。小说以爆竹声始，又以爆竹声止。所有的故事都包裹在这爆竹的"繁响"之中了。开头第一句是："旧历的年底毕竟最像年底，村镇上不必说，就在天空中也显出将到新年的气象来。""送灶的爆竹""震耳的大音""幽微的火药香"，节日气氛的营造既熟悉又奇崛。小说的最后一段也都是在写爆竹，"爆竹声联绵不断""我在这繁响的拥抱中，也懒散而且舒适"。然而在这样的节日喧闹中，两个孤独的形象始终闪现在其间，形成巨大的反向力量。是的，是两个而不是一个。祥林嫂是想融入而不得。凡她想伸手参与到节日劳动中的动作，都被鲁四老爷冷漠地喝止了。这样的冷漠让祥林嫂彻底丧失了活下去的勇气，手足无措带来的是完全不能和人们一起过年，一起享受"无限的幸福"的痛苦。

而另一个人则是"我"，小说的叙事者，也是祥林嫂命运的观察者。但其实，他和祥林嫂有一个共同点，就是无法融入如此这般的节日气氛中。在爆竹声声中出现的"我"，总处于坐卧不宁的心绪烦乱中，与鲁镇上忙于过年的人们形成分离状态。第一段的最后一句是"我便一个人剩在书房里",第二段的最后一句是"无论如何,我明天决计要走了"。小说的最后一段,在祥林嫂已然消失于人间之后,绵延不绝的爆竹声中浮现的,仍然是"我"心绪不定、决计要走的形象。

小说里有一句"鲁镇永远是过新年",而"我"呢,似乎永远与这样的气氛完全不相融。这种不相融,相隔膜,自然与"我"的秉性有关,但我们不得不说,与鲁迅在1924年新春之际因兄弟失和而居无定所带来的寂寞与悲苦肯定有关。

鲁迅的人生历程中,度过的旧历新年大概有三种情形。一是儿时在故乡所过的新年,那是一种盼望着节日快到并尽情享受快乐的时光。我们从他后来的记述中可以略知一二。散文《阿长与〈山海经〉》一文里说:"一年中最高兴的时节,自然要数除夕了。"这可能不是唯一也是极少见的对除夕的赞美。而小说《故乡》里说:"我于是日日盼望新年,新年到,闰土也就到了。"这个"我"的观点,我们也姑且可以认为就是少年鲁迅的心情。

鲁迅日记从1912年5月进入北京开始。我们不妨也可以通过日记知道，已然成年，步入社会，独自在外工作生活的他是如何过年的。不难看出，此时的鲁迅对过年已经完全看淡，几乎要将其视作平常一日来对待，完全看不出少年时的欣喜。

1913年2月6日，大年初一，"旧历元旦也。午后即散部往琉璃厂，诸店悉闭，仅有玩具摊不少，买数事而归。"1914年1月25日，除夕，"今是旧历十二月三十日也。夜耕男来谈。"26日，"旧历元旦也。署中不办公事。卧至午后二时乃起。"1915年2月13日，除夕，"午后至新帘子胡同访小舅父，坐约半时出。"14日，大年初一，"旧历乙卯元旦。星期休息。"1916年2月2日，"旧除夕也，伍仲文贻肴一器、馒首廿。"二十个馒头，就应是当年所得的年货了。第二天，"旧历丙辰元旦，休假。午后昙。无事"。

可以说，"无事"，基本上就是居京后几年里春节时分的常态。

到了1917年1月22日，事情有变化。"旧历除夕也，夜独坐录碑，殊无换岁之感。"过年的趣味不但了无，而且简直有所抵触了。抄古碑这样的事,往大里说是鲁迅终生事业所在,往小里说,也就是打发寂寞时光的手段。除夕夜普天同庆的"春晚",鲁迅却一如既往地抄古碑,其冷、其静、其孤单,可见一斑。1918年2月10日,除夕那天,"午后往留黎厂买《曹续生铭》、《马廿四娘买地券》拓本各一枚,二元。又至富晋书庄买《殷文存》一册,七元",还是做些与古碑相近的事。第二天初一,"春节休假。午后同二弟览厂甸一遍",同周作人逛了一圈厂甸庙会,应该算是少有的春节节目了吧。1919年1月31日,又一个除夕日,"背部痛,涂碘酒"。2月1日,则"春节休假。无事。夜服规那丸三粒",养病即是过年。

1919年5月,《狂人日记》横空出世,鲁迅正式开启了现代的、创作的文学道路。过年的情形也有所变化。最典型的莫过于1921年。2月8日,正是旧历新年。这一天的鲁迅日记写道:"春节休假。上午寄新青年社说稿一篇。"这里的"说稿",即是小说《故乡》。作品注明完成于1月,而在大年初一这一天将成稿寄出,意味深长。一是说明即使在节日期间甚至除夕夜,鲁迅都在修改小说;

二是在大年初一的特殊时刻，他或许有点难耐地以邮寄文稿的方式留一点节日的印痕。这可以说是一个很"文学"的节日了吧。

1922年的鲁迅日记是缺失的，到1923年，似乎又恢复了无所事事的常态。1923年2月15日，"旧除夕也，夜爆竹大作，失眠。"北京的爆竹声让鲁迅难以安然。到了1924年2月，正是鲁迅迁入砖塔胡同的艰难时期。这一年的除夕夜他又将如何度过？"四日晴。……买酒及饼饵共四元。……旧历除夕也，饮酒特多。"一个人的孤独饮酒夜，只能是这样!

成年后的鲁迅就是过着这样的生活。节日的"无限的幸福"似乎与他从来无关，少年时对过年的期盼早已不再。要么无所事事，要么灯下孤坐，抄抄写写，这些抄，这些写，在后来人单独截取后，都成为鲁迅成就的一部分，但就鲁迅其时的状态而言，它们大多同时也是打发时光的无奈之举。

要说鲁迅成年后就没有任何一次参与到节日喜庆氛围的时候，那也不对。1920年2月19日，又是一个除夕。

那时，鲁迅刚刚买定了八道湾的房子，一家人团聚在一起过年，不可谓不欢乐。"十九日晴。休假。旧历除夕也，晚祭祖先。夜添菜饮酒，放花爆。"这是鲁迅在北京甚至成年后过得最像样的一个春节了。故乡绍兴的节日风俗，完全体验了一遍。不过，也真的只就闪现了这么一次。

迁居，过年，这两大因素造成了鲁迅完全不同的内心感受。在孤独的日夜，终有《祝福》出现。这是一次为春节而写又完全"反"春节的写作行动。这个世界上，在节日里无所归依的，绝不仅仅是祥林嫂一个人，至少还要加上一个"我"。

在鲁迅的文字里，对爆竹这个中国传统节日里的"重点项目"是非常敏感的。不过我们可以看出，鲁迅对爆竹常有自己的看法。杂文《咬文嚼字》讨论了北京胡同的改名问题，如狗尾巴胡同改为高义伯胡同之类。鲁迅说："字面虽然改了，涵义还依旧。这很使我失望；否则，我将鼓吹改奴隶二字为'弩理'，或是'努礼'，使大家可以永远放心打盹儿，不必再愁什么了。但好在似乎也并没有什么人愁着,爆竹毕毕剥剥地都祀过财神了。"爆竹实在也是人心的另一种繁响。杂文《送灶日漫笔》则进一步强化了这一观点。"坐听着远远近近的爆竹声,知道灶君先生们都在陆续上天,向玉皇大帝讲他的东家的坏话去了,但是他大概终于没有讲,否则,中国人一定比现在要更倒楣。"这些还都是日常生活里的随感流露,而在杂文《家庭为中国之基本》里,鲁迅几乎就对爆竹这种习俗提出了直接的"理论批判"。"我们的古今人,对于现状,实在也愿意有变化,承认其变化的。变鬼无法,成仙更佳,然而对于老家,却总是死也不肯放。我想,火药只做爆竹,指南针只看坟山,恐怕那原因就在此。"后期所写杂文《电的利弊》对此也有同样表达:"外国用火药制造子弹御敌,中国却用它做爆竹敬神;外国用罗盘针航海,中国却用它看风水;外国用雅片医病,中国却拿来当饭吃。同是一种东西,而中外用法之不同有如此,盖不但电气而已。"

由此,也就可以想见,鲁迅每逢节日之时听到周遭遍响爆竹声,内心是有多么五味杂陈了。无论如何,以爆竹开始,又以爆竹结束的《祝福》,包裹着祥林嫂的命运,"我"

的无奈，鲁四老爷的冷漠，鲁镇人对"无限的幸福"的向往和追逐呈现在读者面前了。

六、细节赏读：无处不在的精确与精妙

《祝福》最精妙的是结构，结构本身又有各种要素的混合交错，构成一个复杂多维体。全篇实有字数9200多，其中3000字其实并不直接叙述主人公祥林嫂的故事，即使出现了，也是街头一遇，并没有进入其人生故事本身。如果我们把"然而先前所见所闻的她的半生事迹的断片，至此也联成一片了"之前的近3000字，和最后一段的200多字组合起来，说这是作家本人所写的某一记述回乡见闻的散文，你以为如何呢？大体可以，而且不差。

可是那些没有写祥林嫂的片段分明又处处与之相关联，那些记述她生平遭遇的段落也时有枝杈伸出，这才是《祝福》结构的妙处。

这是一篇以爆竹而起，又以爆竹声收束的小说。在爆竹繁响的氛围中，上演了"百无聊赖的祥林嫂"的命运故事。祥林嫂真正的人生惨剧都发生在鲁镇之外，尤其是改嫁之后，但小说里直接所写，都是祥林嫂在鲁镇的遭遇。事实上，这是一篇叙写祥林嫂人生悲剧引起的"舆论反响"的作品。那些以死抗婚、夫死子亡的故事，都是转述而知。正因为是转述，经过了当事人的情感过滤，也经过了街头听闻者的言辞评说，一个事件、一个人生变故，就变得味道大不相同了。在鲁镇，实在有两个不安定的灵魂。一个是祥林嫂，一个是"我"。祥林嫂是试图安于现状而又不得，"我"是与眼前的现实完全不合。他们都要竭力去改变这种不安定的、折磨人的、"百无聊赖"的现状。"我"是选择逃离。小说至少4处写到了"我"的"不安"："心里很觉得不安逸""但是我总觉得不安""这不安愈加强烈了""我先是诧异，接着是很不安"。这些不安既与"我"在鲁四老爷家里客居的不悦有关，更与路遇祥林嫂带来的紧张直接关联。小说两处写到"无论如何，我明天决计要走了"，另有两处写到要离开，要"进城去"，都是这种不安情绪的渲染。

祥林嫂是被舆论绞杀的，人言可畏，实在不只是上海滩的明星才有的悲叹，也是祥林嫂这样的人物一样会遭遇的。祥林嫂直接的死因,就是全鲁镇的人送给她的言辞。从貌似同情实则好奇的打探,到后来的厌弃,包括"你那时怎么后来竟依了呢"的取笑,都让她有无地自容的难堪。事实上,尽管祥林嫂对柳妈的"救赎"描述言听计从,而她真正信任的人,或许只有"我"这个外来者。这种信任几乎是天然的,来自直觉。"我"虽然不能给她指路,但至少不会教唆她去捐门槛。"我"的逃离其实也是一种责任的体现,而且给予祥林嫂表达困惑的权利,并与她一起困惑。这或许在不自觉间实现了一种人格上的平等。

《祝福》里有很多精妙的细节值得玩味。我这里仅从多样笔法的角度,谈一点个人的赏析。

小说笔法。在鲁迅小说里,从结构意义上讲,《祝福》或许是最具小说品质也最为完备和均衡的。

散文笔法。小说开头和结尾对过年气氛的渲染,对爆竹声繁响以及镇上的人们为此而忙碌的情景描写,抽出来合成一篇,可称是极其精彩的叙事散文。

诗性笔法。小说中对下雪造成的视觉景象的精微描写,不禁让人赞叹,鲁迅真是现代以来对雪的描写达到极致的文学家。比起《野草》里的《雪》,出现在小说里如《在酒楼上》《孤独者》的雪,一样精细、微妙。在《祝福》里写到的雪似乎不那么引人注意,事实上,这些描写同样是散文诗式的语言,源自通感式的敏锐的感悟能力。不妨欣赏如下:

> 天色愈阴暗了,下午竟下起雪来,雪花大的有梅花那么大,满天飞舞,夹着烟霭和忙碌的气色,将鲁镇乱成一团糟。我回到四叔的书房里时,瓦楞上已经雪白,房里也映得较光明,极分明的显出壁上挂着的朱拓的大"寿"字,……

> 雪花落在积得厚厚的雪褥上面,听去似乎瑟瑟有声,使人更加感得沉寂。

> 我静听着窗外似乎瑟瑟作响的雪花声,一面想,反而渐渐的舒畅起来。

> 我在蒙胧中,又隐约听到远处的爆竹声联绵

不断,似乎合成一天音响的浓云,夹着团团飞舞
的雪花,拥抱了全市镇。

无边的雪景,因阅读而在这盛夏浮现了。

杂文笔法。《祝福》是小说,鲁迅小说本身又具有散文
色彩,偶尔也有止不住的诗意描写。说有杂文笔法,而且
在《祝福》里,又是意指什么呢?我认为不但有,而且比
重不小,品位还很"纯正"。不妨再举例一二共同品鉴一下。

"说不清"是一句极有用的话。不更事的勇
敢的少年,往往敢于给人解决疑问,选定医生,
万一结果不佳,大抵反成了怨府,然而一用这说
不清来作结束,便事事逍遥自在了。

我因为常见些但愿不如所料,以为未必竟如
所料的事,却每每恰如所料的起来,所以很恐怕
这事也一律。

我独坐在发出黄光的菜油灯下，想，这百无聊赖的祥林嫂，被人们弃在尘芥堆中的，看得厌倦了的陈旧的玩物，先前还将形骸露在尘芥里，从活得有趣的人们看来，恐怕要怪讶她何以还要存在，现在总算被无常打扫得干干净净了。魂灵的有无，我不知道；然而在现世，则无聊生者不生，即使厌见者不见，为人为己，也还都不错。

以上这些旁白、画外音，几近于"论述"，放到《灯下漫笔》之类的杂文里，似乎并无跳脱之感。

　　《祝福》调用了很多不同的艺术手法。除了上述种种笔法外，鲁迅所运用的一些看上去不着痕迹的表现手法，对小说情境的制造，起到了特别的作用。

　　对比就是很重要的一法。祥林嫂的装束、外表，经历了三次变化。第一次到鲁镇，第二次到鲁镇，衣着相同，气色略有变化；最后一次出现在街头与"我"相遇，则已是木刻似的呆滞。

　　鲁四老爷的冷漠，四婶的淡漠，卫老婆子的好事，柳妈的"打皱的脸""干枯的小眼睛"下的多嘴，这些引起不同观感的面相，在对比中形成一把把指向祥林嫂的刀子，令她惊恐、窒息。

重复是另一种多处使用的手法。前面已经讲过，《祝福》里仅为了表现"我"的不确定、不稳定状态，就四处用了"不安"，两处出现"决计要走"。轮到祥林嫂，一句以"我真傻，真的"开头的悲情叙述，路人们以重复这一叙述表达厌烦的行为，在小说里出现了三次以上。正是这种重复，让阿毛被狼吃这个意外事件，变成一个杀死一个人灵魂、揭示世人真面目的另一出悲剧的引子。

《祝福》的精微描写无处不在。我曾经专文讨论过鲁迅小说对金钱的描写，那些描写显示出鲁迅对小说细节精确化的要求。其中就举到《祝福》的例子。

这里不妨将其中一段表述转引过来以为补充。

> 祥林嫂来到鲁四老爷家做工，试工三天后就定下了使用以及工钱："每月工钱五百文。"然而，没有多久，祥林嫂就被婆家的人带走了。她

在鲁四老爷家干了多长时间呢？小说在时间上倒没有细说，只说是"冬初"来的，"新年刚过"就不得不离开。工钱此时却给出了精确的用工时间。在得知祥林嫂复杂的婆家背景后，鲁四老爷只好答应辞退。"于是算清了工钱，一共一千七百五十文，她全存在主人家，一文也还没有用，便都交给她的婆婆。"这一描述里，既可以知道，祥林嫂在鲁镇待了三个半月；又可以得知，无论她干了多久，工钱方面，自己一丝都没有得到，全进了婆婆的口袋。

祥林嫂第二次回到鲁镇，早已物是人非。当她走投无路，暗自决定捐门槛后，钱又出现了。"早饭之后，她便到镇的西头的土地庙里去求捐门槛。庙祝起初执意不允许，直到她急得流泪，才勉强答应了。价目是大钱十二千。"根据《鲁迅全集》注释，"十二千"相当于十二贯。哪里去弄这么多钱呢？还是工钱。"快够一年，她才从四婶手里支取了历来积存的工钱，换算了十二元鹰洋,请假到镇的西头去。"由此可知,祥林嫂的悲剧中,她在鲁四老爷家先后干了两次,共计一年多时间,自己却一分钱未能得到。不是被婆婆悉数占据,就是全部用来捐了门槛。

关于《祝福》,可说的太多,即使就艺术手法,展开来也是一本书的规模。我只得谈到这冰山一角止住了。

百年《祝福》,值得纪念,值得评说。

        2024年7月22日

理解的"语丝"

——对《野草》的逐篇简释

题辞

从艺术上讲,这里拥有《野草》在语言表达上的所有特征。对立、叠加、递进、回转。鲁迅在厦门时就表达了不大可能再继续《野草》写作，然而半年后仍然以"洪荒之力"做了一次壮美的接续。也是因为在广州白云楼上写作此文时的环境氛围，同在北京时极为相似的原因吧，一切又涌上了心头。作为"序文"，《题辞》不是一篇实用性很强的"导读"，那样的文章在没有出版的英文版《野草》"序文"中做了弥补。《题辞》事实上就是一篇完整的散文诗，是《野草》正文里的一篇。感悟、感情、思考，对立的矛盾，临界的微妙，地火的运行，欲罢不能的躁动，箭在弦上，不，箭正离弦的紧张，全部在其中了。

秋夜

深夜静坐，所有的景观都在窗前：大到奇怪而高的天空，小到颜色苍翠的小青虫。天上窘得发白的月亮，桌前换了新罩的灯。脱了叶子的枣树，是刺向天空的战士，天地因它而变得不安，个个现出原形。在无果无叶的枣树面前，一切小粉红花式的颤动，在这深秋的夜里，只剩下瑟缩发抖的残梦。这是鲁迅在迁入新居后的第一篇创作类作品。从灯下的稿纸上出发,到最后,在《一觉》的结尾,回到灯下,且都是借一缕"烟草的烟雾"让幻想升腾。

影的告别

这是一篇完全的告别书。倾听者并未出现,更没有机会辩白,只有影在倾诉。没有告别的事因,只有决绝的冲动。然而,"影"只有出走的勇气,却并不知道自己真正的方向和归宿。徘徊,犹豫,是一种没有前行方向的临界状态。在《野草》里,本篇的时序是最完整的,在黑暗与光明的循环之间,还有黄昏和黎明。最后的抉择是宁愿被黑暗沉没,与其说这是"影"最后要找到的归宿,不如说是一种不顾一切地要离开"形"的不计后果的表达。

求乞者

相遇—对峙—告别,在极短的篇幅里,将这三种状态全部写出。还描述了不止一种的求乞的套路(这里的两种具有不止一种的含义），更有一种强烈的"代入感"：假如是"我"，会如何求乞？"我将用无所为和沉默求乞。""我"知道那样得到的结果，只能是"虚无"，然而这或许正是"我"所要的。如此精短，却又如此丰富，有列举，更有反转，还极其流畅，并无跳跃的感觉。文章高低，真不在言之多少。

我的失恋

假如求爱也是一种求乞，"我的失恋"就是另一种"无所为和沉默"的求乞法，失败是注定了的。"我至少将得到虚无"的另一面是："由她去罢。"从本诗而言，不过是一篇反情诗的"打油诗"，从发表而言，是被别的报刊撤版而进入《野草》系列，的确有点偶然，但精气神又是相通的。而且，因为它在《晨报》的被撤稿，有了孙伏园的辞职，有了《语丝》的创刊，并有了《野草》的系列发表。立体观察，《我的失恋》之于《野草》，意义非常重要而且特殊。

复仇

广漠的旷野,这是《野草》里重要的景象。在这其中,往往会出现一个或两个孤独的人,还会有一群人,他们是看客,也是敌手。在本篇里,是一对"裸着全身"的男女,却以"无所为和沉默"令一群看客无聊,这无聊又成为对他们复仇的结果。在《复仇(其二)》里,是以旷野上的赴死而复仇,在《这样的战士》里是掷出投枪而复仇。如果你觉得旷野太过辽阔,那就去玩味《复仇》是如何精微地描写了血液在皮肤下的奔涌。旷野上站立的赤身者,这是木刻艺术在文字里的复活。

复仇(其二)

来自异域经典的故事,却被"移植"成具有强烈中国现实感的紧张对峙。对文士等有身份者的仇恨,对路人们和同钉者施以的悲悯。一个赴死之人,却以灵魂的不可战胜而成为十字架上的复仇者。与仇恨同在的竟然是悲悯，而且仇恨本身也可以读出悲悯的意味。这对立的两极在故事中融合一体，这也是《野草》多见的手法，在本篇中达到极致。精神上是悲悯与仇恨，肉体上是受难的大痛楚同时也是一种大欢喜。

希望

新年第一天，如此亮眼的标题，充斥其中的却是希望的反面绝望。然而绝望又并非希望的反面，因为它们同为虚妄。本是有感于青年的消沉而作，但又不甘心青春真的乌有。明知空虚会以无尽的数量袭来，仍然要以孤独之心抵抗暗夜，仍然不肯放弃希望之歌，耗尽青春也不会休止，虽然那希望之歌里也一样透着悲凉。在这个意义上讲，虽然希望还很微茫，但绝望也不可能占据成为永远。在"借用"的名目下，却是一个非凡的创造：绝望之为虚妄，正与希望相同。

雪

以雪为意象,贯通了比大江南北还要广大的地域。然而非但绝无空洞,更有精致的细节描写。具有最充实的散文化叙事。文眼却在最后一节,又是"无边的旷野",雪花的纷飞,更是一种精神的张扬,一种力量的彰显。但作者对江南的雪没有降格的意思,甚至暖国的雨也绝非更次等的陪衬。它们都源自天然,都是"适者生存"的造化的结果。所以不能变成雪花的暖国的雨未必单调,而壮美如朔方的雪花,其实倒是"死掉的雨",是"雨的精魂"。仅就这样的作文法,也足以让人叹服的吧,我想。

风筝

回到童年,却回不到童年的烂漫。心情在北京和故乡之间游走,倒不是为了在都市与乡村之间对比,而是心灵的无所归依让人难耐。因此,风筝事件产生的欲忏悔而不得,应该是不安宁的情绪中的一种,并非就是所有。但这一种已足够让人沉重,"很重很重地堕着,堕着"。要说彻底的悲哀,我觉得没有比《风筝》更甚的了。这里几乎感受不到"绝望之为虚妄",但这是亲人间的疗伤需求,是一种对慰藉的渴求。可以说,这无尽的悲哀还不至于致命,而是一种心灵失重的"无可把握的悲哀"。

好的故事

真正的标题应该是"好的故事的幻灭"。在不正式的浅梦中见到的美好,更显得脆弱、虚幻,即使要记录下来的欲求也难以做到。流年碎影,回不去的从前只能在昏暗的灯下遥想。《好的故事》与《雪》、《风筝》在结构上近乎同构,都是居住在北京而忆及故乡。我或可称之为"故乡三篇"。在《野草》里,它似乎并不那么哲学,但鲁迅本人似乎较为看重,《鲁迅自选集》选了《野草》里的七篇,其中就有这则《好的故事》。

过客

即使放在今天,这也是上佳的先锋戏剧剧本。如果说《野草》里有寓言式象征,《过客》里的所有要素本身直接就是象征。路上的土屋是老翁停滞前行的处所,漫漫前路只有坟以及坟上的花是可知的,过往的路、前路的声音的召唤、小女孩的布片、一碗水的赠予,所有这些全都有象征的指向。老翁、过客、小女孩三个角色各自成为昨天、今天、明天的象征。相遇—对峙—告别,《野草》的叙述策略在此达到"集大成"。精准的戏剧场面,诗性的独白与对话,无疑是"综合艺术"的高峰。

死火

死火无疑是鲁迅固有的、深沉的意象,早前的《火的冰》还是寓言式的写法,较为简约,本篇里对死火的描绘之精微,笔力非凡,我甚至以为,这里面透露出鲁迅深厚的矿物学知识基础，以及精细的美术功底，活化成文学语言又是综合的结果。悖论在精致的描写中渐成主题，最后的决绝又是一种战士式的选择，一种赴死前的复仇、悲悯、乐观。

狗的驳诘

因为篇幅极短，所以叙述的"封套"可以让人一目了然。从梦见自己在行走，到"直到逃出梦境，躺在自己的床上"。相遇—对峙—告别，《野草》的"母题"又一次"全程"出现。想想鲁迅杂文里对狗的态度，这一篇散文诗的定位可谓不同寻常。设问鲁迅笔下，人是不是真的对付不了狗，那就参考阅读鲁迅散文诗式的杂文《秋夜纪游》吧。

失掉的好地狱

这是一篇从寓言向象征主义跨越的散文诗。描写的环境之阔大堪比旷野却又不是。它对理解提出了难度上的挑战，象征不只是环境、器物、对话，而是故事走向本身变成了最高的隐喻。奇异的环境描写，有着奇幻小说也难达到的逼真。遣词造句、概念、称谓，又有着复杂、"专业"的水准。仿佛是独白，其实是对话的方式，将庞大、漫长的故事简约在精短的篇幅中，还凸显了并非小说式的寓言色彩和象征性。

墓碣文

也是"相遇"，却不是与人或动物，而是与墓碣对立；也是"对峙"，却不是与哪怕死火式的石头对话，而是在阅读墓碣文中实现"对话"；也是"告别"，但既非因为尴尬，也非因为仇恨，而是因为无解的谜面和恐怖的"微笑"而逃离。在这最惊悚的场面中，"我"却没有像《狗的驳诘》里一样逃出梦境，而只是在"疾走"，因为"生怕看见他的追随"。因为没有从噩梦中醒来的欣慰，所以这追随是否还在继续也未可知。单就这一没有结局的收尾，就足见鲁迅笔力之"狠"。

颓败线的颤动

也是在梦里,但"我"不参与故事,不干涉故事走向,"我"只是观者,是"镜头"的遥控者,是故事的叙述者。在一篇散文诗里写了一个人的一生,她的生活、她的命运、她的精神世界。故事本身具有较强的小说性,氛围的描写又具有浓郁的诗意,妇人最后走向暗夜里的旷野,有如一幅壮观的油画,也有如一个凄美的电影画面,然而真正的源泉,也许是鲁迅对木刻艺术的深刻理解和不由自主的艺术"借用"。"我梦见自己在做梦",这深沉的睡梦,让较长的故事叙述有了形式上的"前提",也颇值得玩味。

立论

这是比较"标准"的寓言,不用描写人物的内心,只通过他们的言语来"悟透"一个道理。这个道理颇有哲学的意味,虽然只是处世哲学的层面。但这个道理并不是抽象的,"今天天气哈哈哈"是鲁迅身处其时的现实见闻,甚至是当时社会的"流行文化",所以它又是有着强烈现实针对性的。这就是需要了解本事的必要性所在。

死后

这是《野草》里最有小说品质的散文诗,因为所有的描写和叙述都很沉稳,并未有什么诗意语言,比起两周前的《颓败线的颤动》,这一篇少了情绪的点染,多了沉静中的略略的讽刺。框定在梦境中不难做到,真正难做到的,是在此"为所欲为"的"条件"下,却极精细地描写了"死后"的感受。一个假设的前提,又仿佛用文学手法调用了青年时代的医学知识。这是"梦七篇"的最后一篇,是否和如何走出梦境,本是我们想看到的结局,然而看到的却是"我"竟然"坐了起来"。那在《墓碣文》里惊吓到"我"的,"我"也做到了。

腊叶

这一篇的含义包藏很深,不是鲁迅后来自己出来解释,很难从中精确地读到是送给许广平的寄语。"一叶知秋",原来并不能等同于"窥斑见豹",也不意味着"目光如炬",而是对由青葱而变黄蜡的生命变化的无可奈何,不可把握。从中看到只能在极短暂中与美好相对,有着令人绝望的感伤,但同时,又看到"病叶的斑斓"比起"葱郁"来,也自有其沉稳、缓衰的"优势"。这真是"绝望之为虚妄,正与希望相同"。《野草》的主旋律随时可以听得到。

淡淡的血痕中

可以看作《记念刘和珍君》的"余波",又是在它之上的思想延展。造物主—天地—地球—生物—人类—鲜血—荒坟—苦酒,这由大到小、由茫远到切近的过渡,有一种环环相扣的密集感,又有一种强大的情感逻辑和批判力量贯穿其中。最后,这一切又浓缩成一杯"微甘的苦酒",让一切处于欲死方生的难耐中。但这绝不是一种末世悲情的宣泄。"叛逆的猛士出于人间",于是又从荒坟出发,到人类,到天地,到造物主。逻辑线索又从小到大推演回去了。这种镜头感的无限延伸和远近变化,以猛士为"轴心",呈对称状。由旷野到天地的描写中,却从来不缺乏精微的细节,深沉的情感,理性的批判。真可谓文章里的文章。

一觉

从飞机的轰炸中感受死的威胁,同时又在小书斋里感受生命的热度。一册小小的《浅草》如何能承载得起灵魂的重量,实在是敏感到极致才会产生如此重大的联想。仅只是一位青年"默默地给我一包书"的动作中的"默默",就足以让人"懂得了许多话"。有论者说《一觉》就是《野草》的跋,除去位置的压轴,意象元素上也确有不经意间的"收束"感。青年的魂灵,回答了《希望》中关于"身外的青春固在"的半信半疑;"人海的底里寂寞地鸣动",这微薄的力量却照见了感激，也印证着悲哀。

然而，这痛感和热度恰恰证明，"我""是在人间活着"。让一切过往，包括梦痕里的故乡，暗夜里的旷野，"皮外的笑容"，"眶外的眼泪"，一切相遇、对峙、告别，统统收束到这最后的"一觉"中。书桌前的灯火，捏着的纸烟，无名的思想，很长的梦，徐徐上升的烟篆……场景仿佛又回到《野草》的开篇《秋夜》："我打一个呵欠，点起一支纸烟，喷出烟来，对着灯默默地敬奠这些苍翠精致的英雄们。"两篇作品的结尾简直可以互换而并不改变实质。这是一个遥远的呼应，因为它们是在同一个"灰棚"（"老虎尾巴"）的窗前所做的思考。时间虽然过去将近两年，身外的现实和内心的感受却似乎并没有太大的差别。这也就是《野草》的一致性吧。

2020 年 6 月 20 日

"我至少将得到虚无"

——从《求乞者》谈鲁迅创作的现实来源及诗化过程

最近一段时间,我的大脑里总是萦绕着一个形象:求乞者。这当然是从鲁迅散文诗集《野草》里的《求乞者》留下来的烙印。这让我不由得又泛起一个欲念,我需要对这一不足千字的文章再来一次解读,尽我所能地更全面、更深入。我甚至会产生这样一种认识，《求乞者》是典型的《野草》式作品，尤其是在如何从"本事"上升为哲学的意义上，其典型性就更加突出了。而此前，无论是我个人在写作《箭正离弦——〈野草〉全景观》时，还是读相关的研究文章，对《求乞者》的观照和阐释似乎都还不够充分。

有必要在此将原文照搬过来，以便展开分析。

求乞者

我顺着剥落的高墙走路，踏着松的灰土。另外有几个人，各自走路。微风起来，露在墙头的高树的枝条带着还未干枯的叶子在我头上摇动。

微风起来，四面都是灰土。

一个孩子向我求乞，也穿着夹衣，也不见得悲戚，而拦着磕头，追着哀呼。

我厌恶他的声调，态度。我憎恶他并不悲哀，近于儿戏；我烦厌他这追着哀呼。

我走路。另外有几个人各自走路。微风起来，四面都是灰土。

一个孩子向我求乞，也穿着夹衣，也不见得悲戚，但是哑的，摊开手，装着手势。

我就憎恶他这手势。而且，他或者并不哑，这不过是一种求乞的法子。

我不布施，我无布施心，我但居布施者之上，给与烦腻，疑心，憎恶。

我顺着倒败的泥墙走路，断砖叠在墙缺口，墙里面没有什么。微风起来，送秋寒穿透我的夹衣；四面都是灰土。

我想着我将用什么方法求乞：发声，用怎样声调？装哑，用怎样手势？……

另外有几个人各自走路。

我将得不到布施，得不到布施心；我将得到自居于布施之上者的烦腻，疑心，憎恶。

我将用无所为和沉默求乞……

我至少将得到虚无。

微风起来，四面都是灰土。另外有几个人各自走路。

　　灰土，灰土，……

　　………………

　　灰土……

　　　　　　一九二四年九月二十四日。

这是一篇很有戏剧感的小品文章，一个人在行走，还有几个人，在各自走路。有孩子在哀号，也有孩子在做聋哑状，他们都是在做求乞的动作。"各自走路"的人，可以是长衫主顾，是身着皮袍的人士，也可以是短衣帮，是破棉背心的穿着者。他们对司空见惯的求乞者是冷漠的，视若无睹。然而"我"不能。场景在依次推出，循环上演，往复不绝。主角是"我"，一个过路者，一个旁观者，一个思索者。冷眼，又沸腾着热血；同情，却含着厌烦。一种现实场景的描述，叠加着没有发生的场景想象。环境是灰色的，灰土四扬，让人窒息，令人压抑，又仿佛是司空见惯的日常。

如若用今天流行的短视频改编成一个小品,一定会有未曾见识过的精彩。就先请允许我用文字表达对这一篇散文诗的解读,并由此展开鲁迅文学里的一个独特扇面吧。那一样是一个无可穷尽的世界。

一、是日常街景,却做不到司空见惯

《求乞者》的主题究竟是什么,这个问题我先搁下。倒要先来讲一下另一基本问题。这个故事是从哪里来的,是鲁迅个人头脑里的纯粹想象,一种纯然的借假定形象来表达复杂哲思的文体实验么?在我看来,"求乞者"是有丰富现实依据的形象,是鲁迅从日常所见的城市街景里得来的。也就是说,《求乞者》同样是有"本事"作为根据的。

现今的人们喜欢谈论的"北平"这个词,虽然是1928年起才有的称谓,但"北平"已然是"民国时期北京"的完全指代了。人们从老照片、旧文章里感受那时的北京风光,仿佛是一个令人怀念和神往的所在。比如,"北京一下雪,就成北平了",就是这种诗意想象的直白表达。

这些当然都是有道理的，却并不能代表全部，甚至不能代表那时风景的主体。

1912年5月，鲁迅第一次北上来到北京。他得到的第一印象是什么呢？抵达北京的日子，也是"鲁迅日记"的开始之日。我们看第一天所记："五日。上午十一时舟抵天津。下午三时半车发，途中弥望黄土，间有草木，无可观览。约七时抵北京，宿长发店。"再看第二天所记。"六日。上午移入山会邑馆。坐骡车赴教育部，即归。予二弟信。夜卧未半小时即见蜰虫三四十，乃卧卓上以避之。"

时在5月，本是大好春光之时，然而日子看上去一点也不惬意。即使坐个骡车到"部委"去上班又怎样呢。"十日。晨九时至下午四时半至教育部视事，枯坐终日，极无聊赖。"一样很无趣。

以上这些还是一个从江南初到北方的青年所得到的印象和感受。更应当指出的是，从绍兴会馆到教育部并不远的路，或者到琉璃厂等地游逛的途中，鲁迅应该是没少看见这样的景象：沿街可见乞丐，形态各异，却一样令人生悲。随时随处可见的乞丐，其实就是那时北京常见的街景。

坦白地说，这道民国北京城市风景线，就是《求乞者》的"本事"，是鲁迅写作的形象来源。

做以上这样的城市景观判断，当然必须要有真凭实据。从史学的角度讲，对其时京津冀一带乞丐遍地的记述不在少数。从《北京竹枝词》《燕京地方风俗志》这样的读物，到《公安局关于取缔街市乞丐的公告》（1928年12月）这样的文书，都可知其一二。后来也有不少学者对此有过专门的研究。我读过的比如王娟《近代北京乞丐问题简述》（《历史档案》2008年第2期），就比较详尽地叙述了"民国北京"的乞丐景观。阅读这篇文章，大概可以归纳出以下几个要点：

一是根据统计，至1929年，北京市的人口中，真正为本市籍贯者不到40万，还不足总人口的42%。那50万左右的外来人口中，以乞讨为生的流民占比很大。当时就有"乞丐多于商贾"一说。

二是造成这种情形的直接原因，主要是连年旱灾和不断的战乱。天灾人祸造成大量周边省份的贫民流离失所，"民之流亡以亿万计，其中十之一奔赴京师"。

三是崇文门、宣武门一带有各省会馆400余处，而大量乞丐也都寄生、聚集于此。鲁迅所居绍兴会馆，也正是在宣武门片区。

四是乞丐们的乞讨逐渐形成一种"产业"，不但套路繁多，"技巧"各异，而且形成各种各样的分类，可谓无奇不有。仅文章列表，就有将近20种名目。举例：有一种乞讨法叫作"打转叫街"。称乞讨者"坐街心用砖头击胸及背，并哀呼悲叹，重复叫喊，叫卖雄壮悲切，有腔有调"。

可以想象，鲁迅一到北京，每日出行所见，乞丐大概是避之不及的眼中之物。

在所有这些乞讨者中，绝大多数为生活所迫不得已而为，也不可否认有好吃懒做者混杂其中。民间也流行有"只要能讨饭，给个知县也不换"的戏谑性说法。而且由于乞讨者甚众，造成乞讨也变成有"竞争性"的"职业"，各展其乞讨技巧也就由此得来。鲁迅日日见此，多有观察，自然也看出了其中的一些名堂。《求乞者》，其实就以对"求乞的法子"的列举式描述为主。

事实上，当时的文人对这样的街景也有过详略不等的记述。我读过画家司徒乔的一篇文章，其中就描述过他1926年刚到北京时，因为想当街为一个乞丐画素描，却不料一大群乞丐围了过来，要求做"模特儿"。围堵之下，导致画家根本无法展开画板。司徒乔也是鲁迅关注较多的青年画家。1926年6月6日，鲁迅就曾经"往中央公园看司徒乔所作画展览会，买二小幅"。鲁迅所购两幅画，是《五个警察一个0》和《馒店门前》，都是对穷苦人悲惨状况的记录。1928年，已居上海的鲁迅，也与同在一城的司徒乔多有往来。到其寓所观画，与其一起出去品茗。而且，鲁迅曾经在观看其画展后写下一篇专文《看司徒乔君的画》。其中写道："我知道司徒乔君的姓名还在四五年前，那时是在北京，知道他不管功课，不寻导师，以他自己的力，终日在画古庙，土山，破屋，穷人，乞丐……。"也有与司徒乔有往来者回忆，曾经有机会去司徒乔在北京所居处访问，只见乞丐排成一长溜等待"工作"机会。其情其景，无不让人唏嘘。

由上可以推测，满大街的乞丐，实在是鲁迅经年所见的日常景象。《求乞者》所写，正是这种现实情形的某种侧影。这反映出，这样的司空见惯，在鲁迅敏感的内心，无法真正做到麻木不仁、冷漠对之。他的这篇散文诗，甚至不只是一种对世相的观察记录，而且具有强烈的代入感，冷与热，悲与愤，交织其间，寥寥数百字，却营造出一种复杂多重的情境，表达出难以抑制的情感。

二、被称"乞丐"者，却不等于就是求乞者

《求乞者》描述了两种不同的求乞状态，想象了另外一种。那就可以说这是一篇塑造了乞丐形象的小品文章了。但是，这正是我想强调的，这不是一篇关于乞丐的散文诗，不是一篇塑造乞丐形象的作品。求乞者并不能等同于乞丐，"乞丐"更不意味着是求乞者。在鲁迅笔下，求乞者和乞丐之间，有一个奇妙的距离。这个距离的意味很多。总体上说，在鲁迅那里，乞丐是一种被世俗的眼光认定和判断的人，求乞者则是一种"职业化"、模式化的乞食者。从世俗意义上讲，这两种类型的人是没有差异的，但在鲁迅心目中，却有着天壤之别。

鲁迅在《故事新编》里塑造了不止一个"乞丐"形象。之所以是"乞丐"而不是乞丐，是因为这些人是被世人称为乞丐的，他们自身却并不是乞丐。甚至可以说，鲁迅是替那些高高在上的人做了这个判断。比如《理水》里，大禹及其同行者、追随者，就是这样一种形象。"局外面也起了一阵喧嚷。一群乞丐似的大汉，面目黧黑，衣服破旧，竟冲破了断绝交通的界线，闯到局里来了。卫兵们大喝一声，连忙左右交叉了明晃晃的戈，挡住他们的去路。"只是因为"面目黧黑，衣服破旧"，就被人视作乞丐。与之形成对比的，是白白胖胖的官员们。"他举手向两旁一指。白须发的，花须发的，小白脸的，胖而流着油汗的，胖而不流油汗的官员们，跟着他的指头看过去，只见一排黑瘦的乞丐似的东西，不动，不言，不笑，像铁铸的一样。""黑瘦的乞丐"，是一种铁铸的形象。再看看大禹回京时的景象："一个半阴半晴的上午，他终于在百姓们的万头攒动之间，进了冀州的帝都了。前面并没有仪仗，不过一大批乞丐似的随员。"仍然是黑脸大汉形象。大禹的队伍，就是一支"乞丐似的"队伍,他们无怨无悔地、默默地、坚忍地、忍饥挨饿地为民做事,而那些高高在上的油头粉面者,却是他们的指挥者,功勋摘取者。这是一种严格的写实,又是一种漫画式的讽刺。

典型的塑形还有《铸剑》。"那是一个黑瘦的,乞丐似的男子。穿一身青衣,背着一个圆圆的青包裹;嘴里唱着胡诌的歌。"这里仍然使用了"乞丐似的"一语,而非就是乞丐。这样的乞丐似的人物,总是跟那些养尊处优的大人形成对比。"他们都愿意这把戏玩得解愁释闷,天下太平;即使玩不成,这回也有了那乞丐似的黑瘦男子来受祸,他们只要能挨到传了进来的时候就好了。"

再看《采薇》对伯夷的描写。"也许是因为一时高兴,或者有人叫他老乞丐的缘故罢,他竟说出了他们俩原是辽西的孤竹君的儿子,他老大,那一个是老三。"这里已经分明指出,伯夷本是出身高贵,只是"有人叫他老乞丐"。可以想见,伯夷之所以这样被人叫,也是放逐山野之后,成了面容黑瘦、破衣烂衫的样子所致。

而在《非攻》里,墨子是这样被塑形的:在"楚国的郢城","走路的人,虽然身体比北方短小些,却都活泼精悍,衣服也很干净,墨子在这里一比,旧衣破裳,布包着两只脚,真好像一个老牌的乞丐了"。"老牌的乞丐",真是绝妙的比喻。世人都是"衣服也很干净",唯有墨子,"旧衣破裳,布包着两只脚",一副乞丐而且"老牌"的形象。为了证明这是别人尤其是那些高人送给他的名号,小说还借对话强化了这一点。那是在公输般的朱门里。

> 公输般正捏着曲尺,在量云梯的模型。
> "先生,又有一个你的同乡来告帮了……这人可是有些古怪……"门丁轻轻的说。
> "他姓什么?"
> "那可还没有问……"门丁惶恐着。
> "什么样子的?"
> "像一个乞丐。三十来岁。高个子,乌黑的脸……"
> "阿呀!那一定是墨翟了!"

仍然是活灵活现的对比。

《野草》同样有写到乞丐的篇什。而且对我所分析的要点很有助力。《过客》对"过客"形象的描述是这样的:"过客——约三四十岁,状态困顿倔强,眼光阴沉,黑须,乱发,黑色短衣裤皆破碎,赤足著破鞋,胁下挂一个口袋,支着等身的竹杖。"这已然就是一个乞丐形象。老翁和孩子的对话,又把这个"身份"做了强化。因为那孩子对老翁说,对面走过来一个人,近处一看,"阿阿,是一个乞丐"。而老翁的反应,其实是作家本人的意见:"乞丐?不见得罢。"

过客本人究竟是不是乞丐?说不是,他出场的第一句话,就是向老翁乞求一杯水。说是呢,过客对小女孩给他的哪怕一小片碎布,也认为不能接受。这涉及一个复杂的关于布施与感激的哲学命题。我们先不谈。单说过客认为不能接受这一条,就证明他"不见得"是个乞丐。而且,老翁虽然自己已经失去了前行的勇气,但他知道过客就是年轻时的自己,他不会像孩子一样根据打扮判断这个人的身份就是乞丐。一个细节很重要,当老翁让孩子去给过客倒杯水时,嘱咐她一定要把杯子洗干净。这样微妙的表达,真让人拍案叫绝。

重读《过客》,关于"乞丐似的",也是一个令人称奇的细节,是只有鲁迅可以做到的精微和艺术。

在《野草》的另一篇《狗的驳诘》里,开头就写道:"我梦见自己在隘巷中行走,衣履破碎,像乞食者。"接着是:"一条狗在背后叫起来了。"狗为什么冲人叫?因为它也一定是根据衣着认定,走在前面的人是一个乞丐。所以才有下面的回应:"我傲慢地回顾,叱咤说:'呔!住口!你这势利的狗!'"

总之,在鲁迅那里,"乞丐",哪怕是"老牌的乞丐",也只是因为"形似"而被势利的人所指。事实上,并没有一个人真的是乞丐。在《呐喊》《彷徨》里,也有把人物看成和写成乞丐的时候。且看《阿Q正传》。阿Q想要到"老主顾的家里去探问"点什么的时候,还没有出门,结局就已经放在那里了。"一定走出一个男人来,现了十分烦厌的相貌,像回复乞丐一般的摇手道:'没有没有!你出去!'"势利眼无处不在。

说来也是奇怪，鲁迅写了那么多的"乞丐似的"人物，却无一不是有名无实，并非真的乞丐。而真做了一回乞丐的，却是一个妇女形象：祥林嫂。《祝福》里，祥林嫂的第一次出场就是一副乞丐模样。"她一手提着竹篮，内中一个破碗，空的；一手拄着一支比她更长的竹竿，下端开了裂：她分明已经纯乎是一个乞丐了。""然而她是从四叔家出去就成了乞丐的呢，还是先到卫老婆子家然后再成乞丐的呢？那我可不知道。"知道不知道吧，祥林嫂就是一个名实相符的乞丐。然而祥林嫂是怎样乞讨的呢？小说并没有写。意味深长的是，祥林嫂本不应该沦落为一个乞丐。她在鲁镇上先后做了两次工，鲁四老爷也如数给了她工钱。但是，第一次的被原来的婆婆悉数拿走了，第二次的自己全部拿去用于捐门槛。沦为乞丐的祥林嫂，当街面对"我"时，也并没有提出哪怕喝一杯水的乞求，而是提出了一个严肃的人生和哲学命题："一个人死了之后，究竟有没有魂灵的？"即使是还乡的知识分子"我"，面对这样的问题，也只能支支吾吾和尴尬逃遁。

可以看到，鲁迅笔下的乞丐，几乎没有一个是真的。

他们黑瘦的形象，沉默的表情，破烂的衣衫，只能证明他们的处境，更有甚者，还证明着他们无私的、无畏的奉献和付出。他们的乞丐形象，有时还成为衣食无忧者的鲜明对比。鲁迅在《中国人失掉自信力了吗》一文中写道："我们从古以来，就有埋头苦干的人，有拼命硬干的人，有为民请命的人，有舍身求法的人，……虽是等于为帝王将相作家谱的所谓'正史'，也往往掩不住他们的光耀，这就是中国的脊梁。"而这脊梁式的人物，正是鲁迅在《故事新编》里塑造过的大禹、眉间尺式的形象。这样的为民请命的人，却被那些高高在上的人物和麻木的庸人视为乞丐。是的，这些"乞丐似的"形象，何尝有过真正的乞食行为。他们可以被看成是乞丐，但绝不是求乞者。

求乞者是怎样的人，以及鲁迅为什么要严格地区分他们，这正是《求乞者》的深刻所在。

三、是彻底虚无，却也是真正"实有"

《求乞者》并非一篇同情乞丐的作品，这是一个重要的前提。然而研究史上并非没有过类似的争议。如有研究者认为，鲁迅的描述中明显表现出对乞丐缺少同情的意味，比如描写"求乞者""也穿着夹衣"，难道乞丐就不能穿夹衣么？

《求乞者》是一篇象征主义作品，所有的描写都具有戏剧性加符号化的味道。它来源于现实场景，又被作家进行了彻底的"提纯"。当鲁迅开始描写求乞者的状态时，求乞者的社会角色已经完全被抽离了。他是借这样一种形象思考、探索另外的问题。这个问题，也是鲁迅那一时期深入思索、反复讨论过的。我们从《过客》《孤独者》，以及致赵其文的书信中都可以读出这种相近的思考。

《求乞者》寥寥数百字，却大量运用重复手法，在重复制造中，那最敏感、最尖锐的差异得以凸显。这种重复，也使得文学语言具有某种戏剧性，造成舞台化效果。鲁迅定格式地写了两种目睹的求乞画面。"一个孩子向我求乞，也穿着夹衣，也不见得悲戚，而拦着磕头，追着哀呼。"然后是："一个孩子向我求乞，也穿着夹衣，也不见得悲戚，但是哑的，摊开手，装着手势。"

对于这两种求乞动作,"我"表现出同样的厌恶。哀呼不过是一种套路,作哑也无非是"求乞的法子",同样是套路而已。的确,在乞丐成群的大街上,或许只有将惨状表现得特别突出方可获得布施。这就不得不让乞丐也戴上面具,成为街头"表演者"。这样的状态,莫不是另一种"哀其不幸,怒其不争"么?为什么是"也不见得悲戚"?因为求乞者的动作混淆了真假。

《求乞者》的文眼,其实不在于对这两种求乞法的"憎恶"表达,而在于一种真切的代入感。即如果"我"去求乞,我会用怎样的"法子"?哀呼,用什么样的声调;装哑,用怎样的手势。"我"的决定居然是这样的出人意料:"我将用无所为和沉默求乞。"那会是一种什么样的结果呢?一个求乞者还想拿出一副爱搭不理的摆酷姿态么?那能得到什么呢?结论更加彻底,居然是"我至少将得到虚无"。

这是一篇关于布施的获得,以及对布施的感恩、报答进行思索的散文诗。因为"我"不会去哀呼或者装哑,所以"我"将只能一无所获,然而"我"却强调"我至少将得到虚无"。

特别值得注意的是,对凭借套路使得求乞有所获或企图有所获,"我"的反应是"我但居布施者之上,给与烦腻,疑心,憎恶"。而我用无所为和沉默去求乞,除了得到虚无,居然也会得到"自居于布施之上者的烦腻,疑心,憎恶"。也就是说,"我"将会被"我"自己这样的人所憎恶。"我"就是"我"所憎恶的。"我"用无所为和沉默求乞,这是对习见的求乞法的抵抗,但即使"我"真的抵抗了,又能怎么样?一个乞丐必须要做出一副不像乞丐的样子才对么?除了无所获得,"我"还不是被像"我"一样自居于布施者之上的人所憎恶么?

这理解起来有点烧脑,但似乎又可以理解很多。1925年3月18日,鲁迅在给许广平的信中曾说:"我的作品,太黑暗了,因为我只觉得'黑暗与虚无'乃是'实有',却偏要向这些作绝望的抗战,所以很多着偏激的声音。其实这或者是年龄和经历的关系,也许未必一定的确的,因为我终于不能证实:惟黑暗与虚无乃是实有。"(《两地书·四》)研究者通常用这段话来解读《求乞者》,认为这反映了鲁迅其时的心态。不过这封信毕竟离开《求乞者》

的写作时间半年了,是不是完全对位还可以讨论。我倒觉得,与《求乞者》写于同一天即1924年9月24日的《影的告别》,或可成为解读其复杂语义的参照。其中"你还想我的赠品。我能献你甚么呢?无已,则仍是黑暗和虚空而已。但是,我愿意只是黑暗,或者会消失于你的白天;我愿意只是虚空,决不占你的心地"。另外一句"然而你就是我所不乐意的"一样掷地有声。彻底的虚无,姿态是没有用的。"我"只能在明与暗之间徘徊。"只有我被黑暗沉没,那世界全属于我自己。"

在这样的复杂纠缠中,关于布施的讨论却是坚定的。"我不布施,我没有布施心","我但居于布施者之上"。关于布施,是鲁迅创作《求乞者》那一时期经常会讨论的。比如《过客》里的过客就这样倾诉:"我怕我会这样:倘使我得到了谁的布施,我就要像兀鹰看见死尸一样,在四近徘徊,祝愿她的灭亡,给我亲自看见;或者咒诅她以外的一切全都灭亡,连我自己,因为我就应该得到咒诅。但是我还没有这样的力量;即使有这力量,我也不愿意她有这样的境遇,因为她们大概总不愿意有这样的境遇。我想,这最稳当。"在致赵其文的信中,鲁迅又反复讨论了这一问题。布施的有无,布施者的有无,对待布施的反应,本质上是对这个世界的一种态度。《求乞者》以决绝的态度对此做出了回应,那就是坚决反对求乞,在彻底的虚无中感受"实有"。

其实,涉及乞丐、求乞者,布施、感激,在鲁迅的笔下有很多,而且可以打开更复杂的层面去讨论。比如,《孤独者》:"人生的变化多么迅速呵!这半年来,我几乎求乞了,实际,也可以算得已经求乞。然而我还有所为,我愿意为此求乞,为此冻馁,为此寂寞,为此辛苦。"一个落寞的知识者的绝唱。比如在独白体杂文《牺牲谟》里,鲁迅对"自居于布施者之上"者的人所作的漫画:"阿呀阿呀,失敬失敬!原来我们还是同志。我开初疑心你是一个乞丐,心里想:好好的一个汉子,又不衰老,又非残疾,为什么不去做工,读书的?所以就不免露出'责备贤者'的神色来,请你不要见气,我们的心实在太坦白了,什么也藏不住,哈哈!可是,同志,你也似乎太……。""所以我的号房就借痛打这方法，给他们一个教训，使他们知道做乞丐是要给人痛打的，还不如去做工读书好……。"究竟如何对待一个乞丐，一个求乞者呢？这恐怕也是一个在内心里无限徘徊、无限挣扎的难题吧！我只能说，对待乞丐的态度，和将乞丐抽离、"提纯"为"求乞者"的不同"身份"之间，鲁迅表现出并不相同的态度。设若将"求乞者"等同于"乞丐"，对《求乞者》的误读就在所难免。

一直到去世时的1936年，鲁迅都没有停止过用乞丐这个形象去挖掘世道人心。杂文《难答的问题》回应了有报纸赞扬武训，说他四处乞讨，然而"他得了钱，却一文也不化，终至于开办了一个学校"。报纸还向小学生提问，读了这个故事有何感想。鲁迅在文末却这样写道："然而小朋友会怎样感想呢，他们恐怕只好圆睁了眼睛，回问作者道：'大朋友！你讲了上面的故事，是什么意思？'"

辛辣讽刺，精妙至极。

从艺术上讲，《求乞者》同样是一篇话题不尽的精美短文。我在前面已经强调了重复法在其中发挥的作用，产生的效果。"灰土"重复了8次,其中"四面都是灰土"重复了4次。"微风起来"出现了5次,"另外有几个人各自走路"出现了4次。"布施"(含"布施者""布施心")共有6处。循环往复构成了某种曲折推进的艺术力量。

《求乞者》在艺术上的另一手法是倒叙。这种倒叙简直出人意料,"非常规出牌"。比如"夹衣",一上来就描写两个求乞的孩子"也穿着夹衣"。没有"穿着夹衣",何来"也穿着夹衣"?读到后面,当"我"出场时,"微风起来,送秋寒穿透我的夹衣;四面都是灰土"。原来,那个推出"也穿着夹衣"的"夹衣",居其后出现。

我们再看更大的倒叙。

> 我想着我将用什么方法求乞:发声,用怎样声调?装哑,用怎样手势?……(序1)
>
> 另外有几个人各自走路。(序2)
>
> 我将得不到布施,得不到布施心;我将得到自居于布施之上者的烦腻,疑心,憎恶。(序3)
>
> 我将用无所为和沉默求乞……(序4)

我至少将得到虚无。(序5)

如果按照平常的叙事,上面这一段的排序是正向的么?我以为,它的寻常排序应该是:(序1)(序4)(序3)(序5)(序2)。先发问求乞法,再回答选择法,然后坦陈失去哪些,接着是得到什么,最后是情景描写。可是鲁迅却完全打乱了这个次序,连同"也穿着夹衣"一起,造成了散文诗中的鬼斧神工。甚至还有几分费解。

其实,关于《求乞者》,关于鲁迅笔下的乞丐,关于布施,关于感激,可以展开的话题还很多。但我看到字数即将过万,还是赶紧收手为是。说不定哪一天,再回来接续呢。

感谢读者的耐心。当然,即使您恰好不读,那也没有什么。"我至少将得到虚无。"

2023年12月6日

后记

这是一本没有计划好的书,因此就多了一点意外之喜。很多时候,文章都是编辑催逼出来的,当时觉得很有压力,甚至有烦扰之感,事后又觉得很是畅快,满怀谢意。可是一本书都是这样的过程,我却是第一次经历。北京十月文艺出版社于我,那真是熟悉得不但是个人,就连单位招牌都感觉很亲切。十余年来，我有过多次机会参加到出版社的各类活动当中。但是，很惭愧我还没有成为十月的作者。韩敬群是老友，近年来每次见面几乎都会提到约稿。我总是笑而不答。一是自己确实也拿不出像样的书稿，二是隐约中也觉得，这不过是一种热情的礼貌用语，可以不完全当真的。但敬群的说法越来越具体，我就必须认真对待了。

请从事文学的人来谈经典，我觉得这是个好选题、好策划。北京出版界向来有这样的传统，"大家小书"就是坚持了多年的品牌，常给人带来阅读的欣喜与满足。敬群约我专写一本关于鲁迅的书，我虽然觉得颇有难度，但又很为这样的选题策划感到高兴。无论我是不是这个选题最恰切的作者，都很愿意为此尽力。

以讲述的而不是讲课的方式谈鲁迅，既不是高头讲章式的玄论，又不做没有出处的渲染式讲解，这很难，但很必要。我想以一种自己认定的方法完成这任务。既谈鲁迅的思想，也谈鲁迅的生平；既讲鲁迅的思想，也谈鲁迅的作品。凡论都要有出处，要严谨、扎实、可信，但行文又力避生涩、高深。我不知道这算什么文体，别人会认为这是什么文体，学术随笔也罢，甚至就是某种散文也罢，都没有关系。只要因此能让更多读者走近鲁迅，走进鲁迅的人生世界和作品世界，就值得去做。

收在本书的文章，有总体概述性的，取某一角度扩而大之，看取一个广大的世界；也有对具体作品的论述，真切感受经典的魅力。总之如书名一样，与读者一起体会经典是怎样炼成的，经典作家为什么总有说不完的话题。我在其中的文章里也说过，自己谈论鲁迅，想象中的读者是写小说的朋友，一起探讨，为什么鲁迅总是有言说不尽的话题，为什么鲁迅的作品可以从一百个方向进入而意趣横生。

希望读者朋友能因此产生一样的感受，得到共同的认知。哪怕从中得到任意一点启发和共鸣，于作者都是一件值得欣慰的事。

感谢对这本小书的出版给予大力支持，为书中的文章从发表到出版付出辛劳的朋友们。

2024 年 8 月 25 日